退出遊戲

春&夏推理事件簿
ハルチカシリーズ

初野晴 著

退出ゲーム

目錄

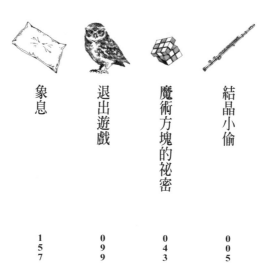

結晶小偷

我絶對不承認這種三角關係。

1

那是在高中一年級的秋天。

我深呼吸，站在公寓的二〇五號室房門前。

這間住屋被厚重的窗簾遮掩，十分昏暗。

我按下門鈴，可是無人應答。然後，我像按搶答遊戲的按鈕一樣連按數次。這出乎意料很好玩，不過依舊沒有回應。

我知道你這傢伙龜縮在這間屋子裡，喂，給我出來！

做到這種地步，我不禁想起躲進天岩戶的天照大御神（註）。說著「其實啊……」，告訴我這個故事的不是別人，正是這傢伙。在常識中，天照大御神是位女神，但祂在《源平盛衰記》中是位男神，在《日諱貴本紀》則是以雙性神的身分登場。

難道那場談話早已預言了這樣的狀況——

我伸手探入制服口袋，決定打他的手機。等待音空虛地響了五、六次，伴隨機械式人聲切換到語音信箱。這個瞬間，廚房傳來笛聲。那是一段和弦。原來最近的水壺沸騰時會發出這種聲響啊，哦，眞厲害。我感覺到有人關上火，恢復一片寂靜。

「我進去嘍。」

當我敲門大喊，裡頭響起慌張的腳步聲。都到了這個時候才知道急嗎，已經太遲了。

我用跟這傢伙的姊姊借來的備份鑰匙打開門。但房門掛上了門鏈。此時我想起商借備份鑰匙時得到的建議，於是依照建言用食指從門縫間往上一撈，輕易成功開鎖。屋齡三十年，迎來適宜改建期最高峰的木造建築可不是蓋的。

「怎麼會！」

發出窩囊至極的聲音，穿著睡衣的春太一屁股坐倒在地。

他的眼神因恐懼而一陣動搖。

他無故不到校至今一個星期。不對，正確來說是龜縮在這間屋裡一個星期。這間租屋租金只有一萬兩千圓，而且是跟父母各付一半，但他明明跟我同年級卻租屋當作自己的家，這件事本身就無法原諒。雖然他其實有稍嫌複雜的內情……

我岔開兩腿的身形投下了影子。

春太像是想逃離那道影子似地拖著屁股往後挪，縮到房間深處。

我脫鞋進屋。當我雙手拉開窗簾，陽光與宜人的空氣隨即流入。明明經過一個星期閉門不出，房間卻收拾得整整齊齊。名目上這是讀書小屋，本來就沒擺設多餘的家具。屋內

註：日本皇室的祖神，曾因弟弟須佐之男在祂所統治的高天原搗亂而躲入天岩戶，導致世界陷入黑暗。

《源平盛衰記》作者不明，以《平家物語》為底本加入源氏方面的描述編寫而成；《日諱貴本紀》編者不明，由同時代數本神祇書、神道傳授合編纂而成。

只有小小的水槽、有瓦斯爐的廚房、附壁櫥的房間、垃圾場撿來的矮桌、書報架跟迷你音響，以及八成到剛才都還被人的肌膚躺得暖呼呼的睡袋。

四肢著地，爬回矮桌前的春太撩起睡翹的亂髮，抬頭看向我。

「既然妳都闖進來了，喝點東西再走吧。」

「不用了。」我把在附近超商買的減肥茶放上矮桌，然後坐下。

「這個不錯，我剛好渴了。」春太起身，快步從廚房拿來馬克杯。「分我一半。」

我默默將茶倒入馬克杯。

謝啦，春太說，抱膝坐下，開始小口小口啜飲。

雖然一頭亂髮，但他充滿光澤的頭髮與中性容貌，讓我一時之間看得入迷。他一直在意自己不高，但他擁有毫無贅肉的體型、肌理細緻的皮膚、筆挺的鼻樑以及纖長的睫毛，最棒的是那對雙眼皮。這些讓身爲女生的我打從心底渴望的元素，在身爲男生的春太身上全是與生俱來。我也有一段時期曾經妄想，要是像電影《轉校生》一樣，跟這傢伙纏在一起滾落樓梯的話會發生什麼事呢？不過現在我把這個想法當成一時糊塗。

「然後呢？」春太說。直視著我的那對眼睛純眞地問著：妳來做什麼？

想說的話跟山一樣多。我從書包裡拿出抄了板書的筆記，盡我所能發出沉著的嗓音。

「老師很擔心你。」

春太一驚，深深垂下頭。

「班上的大家也深切反省了。」

春太投來懷疑的目光。

說到底，春太拒絕上學的理由就是這件事。學校裡有個春太單相思的對象。他用手機偷拍——不對不對——悄悄拍下那個人的照片並私下觀賞。這是他小小的樂趣與每日例行公事。平時他都會嚴謹地用密碼鎖上手機，那天偏偏忘了，還不巧遺落在校舍。那時春太睜著布滿血絲的雙眼拚命尋找。糟糕的是，找到手機的是個男生。他半是出於興趣偷看了照片資料夾，結果看到春太單戀對象的照片，而且很多張。我深深明白那個男生手足無措的感覺，他的心境肯定就像打開了潘朵拉的盒子。教室內一陣譁然、困惑、歡呼，春太瞬間就像颱風眼般被同學團團包圍。

「我已經決定了。我要休學。」春太遙望遠方輕聲說。

「啊？」

「這樣啊，小千不明白我的心情。妳不懂我要再回到學校，受到眾多學生冷眼以待的心情。」

我目不轉睛地盯著現在依舊稱我「小千」的奇妙童年好友。

「沒去學校的期間，我一直思考有沒有辦法轉移班上同學的冰冷視線，哪怕只是一點也好；但不行。在我做我自己之前，存在著一個軟弱到會在意自己被旁人如何看待的我，而這個世界將身爲受觀測的我，以及威脅到這個存在的非我劃分開來——」

我轉鬆瓶蓋往他一扔，下手毫不留情。

「對不起。」春太縮起身子道歉。這是他的壞習慣。爲了避免眞實想法被人察覺，他會扯一堆歪理唬人。

「無論如何，」我說，「那件事你不用擔心了。」

「什麼意思？」

「我花了一整個星期騙過班上同學。我說，春太另有喜歡的女生，手機裡的照片是濫好人春太受我朋友所託才拍的。」

「小千……」

我有一瞬間以為他會感動落淚，但他的模樣看起來不太對。

「我可不記得拜託過妳說謊。」

我的雙手在矮桌上用力一拍，揪過春太的衣領。

「——給我聽好嘍？你可是害得朋友擔心，甚至不惜說謊了。」

春太用力上下點頭。

「而且文化祭快到了。你懂我的意思嗎？」

春太大大點頭，一臉嚇得半死。他的脖子應該差不多要痛了，我決定大發慈悲放開手。春太像腰軟一樣坐倒在地，臉上總算浮現反省之色。

「……這麼說來，小千是文化祭的執行委員吧？」

「別看我這樣，我可是很忙的。啊，忙死了忙死了。所以呢，要來上學嗎？還是不來上學？哪個？」

春太垂著眼，沉默不語。

「趁十多歲的時候就多丟點臉嘛。」

我盤起腿來，不負責任地這麼說，春太帶著像鼻子被揍一拳的表情抬起頭。

「妳說得太直接了吧。」

「有意見嗎？」

春太閉上原本打算說些什麼的嘴，模樣看起來好像在猶豫。仔細想想，他的確很可憐。如果我跟春太處在同樣的立場，不知道還有沒有勇氣去學校。

「我給你一個挽回名譽的機會。」

「挽回名譽？」

「給你一個當男人的機會。」

他朝我投來訝異的視線。我坐正後繼續認眞地說：

「文化祭可能會被迫中止。」

「什麼？」春太嚇了一跳。「這又是怎麼回事？」

「有人在布告欄上貼了恐嚇信。」

春太一點也不慌亂。「按學長姊的說法，這每年都有，不是嗎？」

「這是前年開始的。手法都一樣，就是把報紙上的文字剪下來，放大影印後貼到便宜影印紙上。信上說，如果不答應要求，就要在小吃攤賣的食物下毒。」

小吃攤禁止使用瓦斯爐，但用電燒烤盤的話，只要申請就會得到許可。加上插座有限，所以先搶先贏。

「記得去年賣的是——」

「可麗餅。」

「前年呢？」

「章魚燒。」

「那今年呢？」

「炒麵。」

「呵呵。」春太忍笑。「我問一下，今年的要求是什麼？」

「教務主任的假髮。這是校史上的最大禁忌。教務處籠罩在前所未有的緊張感中。」

也就是說，這是一個例行性的惡作劇。

「……小千，不管是哪所學校，都有無可救藥的笨蛋做這種蠢事還引以爲樂。這個每年都在思考恐嚇信的傢伙也是之一。但是，唉呀，眞是了不起的笨蛋。」

「我說啊，我知道每年都不會眞的發生壞事，也知道這是某人的惡作劇。」

我打斷一副看好戲的春太，繼續說：

「但世界上眞的有無可救藥的笨蛋，若不中止文化祭或體育祭就會自殺，也有學校接到威脅殺害學生的電話或郵件。收到這種預告的學校大部分都會被逼得中止或延期，我想那些學生肯定都不甘心。每年都對我們學校文化祭張貼恐嚇信的笨蛋程度雖有不同，但也是同類。就算知道純粹是惡作劇或是玩笑，老師跟我們還是會嚴肅面對，耐著性子承受這件事，採取應對措施，努力不讓大家的文化祭被毀掉。」

「可是啊——」

春太抬起手，做出一副要說「哪有時間陪那傢伙玩」的手勢想反駁我，但沒繼續說下去。大概因爲他直視著我吧。不知不覺間，我眼裡快泛起不甘的淚光。

我察覺到春太靜靜吸了一口氣。

「……哦。今年是玩眞的嗎？」

我點頭回應。「喏，你記得嗎？準備文化祭時，化學社展覽裡不是有個春太說很像飛行石、很想要的結晶嗎？」

飛行石是《天空之城》這部春太喜歡的動畫中出現的寶石，擁有讓物體飄浮在空中的力量。與之相似的透明美麗藍色結晶在化學社也很受歡迎，他們每年都會挑戰製作巨大的結晶。換言之，那是慣例的展示品。

「那東西怎麼了嗎？」

「好像不見了。」

「不見了？我記得那是——」

「硫酸銅的結晶。」

春太傻住。「那可是劇毒。」

我垂下眼眸點頭。「昨天放學後，負責看管的學生暫時離開理科教室大約五分鐘，好像是在那段無人監視的空檔不見的。現在所有執行委員都在拚命尋找。」我吞了一口口水，繼續說：「……現在還瞞著老師。」

「劇毒失竊一定得快點通知老師，向警方報案才行。」

我的嘴角泛起虛弱的微笑。

「哈哈。如果這麼做，文化祭不就會中止了嗎？」

「妳是認眞的嗎？小千！」

「抱歉。」我像枯萎的花朵一般垂下頭。「我跟大家都很心慌。我們眞的很害怕，不知道該怎麼辦，已經被逼上束手無策的死路了。」

我抬眼望著說不出話、全身僵硬的春太，發出消沉的聲音：

「……拜託你幫幫忙吧，春太。」

2

我爲什麼會忍不住依賴春太呢？

我常常思考這個問題。

我跟春太在上小學前是家住隔壁的童年玩伴，而我們兩人的重逢時間要上溯到升上高中的今年春天。那時我的心中暗藏一個決心：我要與適合短髮短褲到令人可憎地步的國中時代訣別，參加有女性氣質的社團。全年無休、如同二十四小時營業的日本企業的排球社，我對此沒有絲毫依戀。連職業運動都有休賽季，排球社無休的狀況再怎麼想都令人火大。因此，我敲開了從國中起就憧憬著的管樂社大門。管樂。一定很棒。不像古典音樂一樣有高門檻，更重要的是對音樂類別沒有限制，要吹爵士樂還是流行歌都可以。如果是管樂器，就算高中才學應該也能吹出幾聲，連我也還爲時未晚。

至於入學開始就像蛇一樣緊纏不放的女排社邀請，我將努力說服奶奶買給我的長笛當成「三張護身符（註）」的驅魔符咒出示給她們看，好不容易脫身。

但在我想提交入社申請時，悲劇襲來了。社長一臉尷尬地給我看今年的畢業紀念冊照片，上頭有七個社員。什麼？其中四人已經畢業了。什麼、什麼？剩下的三人是二年級生。咦咦咦咦！再加上指導老師已經調校，社團面臨廢社危機。我的臉上血色盡失，而女排社的學姊擊掌稱快。此時此刻，我背後傳來「嗚嘿」的傻乎乎聲音。一個剛入學的男生正低頭看著畢業紀念冊。

他就是睽違九年後與我重逢、吹法國號的春太。

咚咚鏘鏘，敲擊鐵塊的聲音響起。

我數著節拍，愣愣地抬頭看。校舍正門搭起了薄木板跟鷹架，製作起活動大門。

距離文化祭還剩三天。今天的課程只到上午，下午用來準備文化祭。望著中庭逐步完成的巨大紀念碑、色彩繽紛的校舍裝飾，貼得到處都是的橫幅海報，每天一點一滴變化的學校氣氛讓學生的期待日漸高漲……我很想如此相信。

註：這是流傳於青森縣與琦玉縣一帶的故事，小和尚靠著三張護身符逃離惡鬼追殺。

但我們這些執行委員的表情全像面臨世界末日一樣慘淡。

「千夏。」

抱著剛印好的手冊，同爲執行委員的希走過來。希是硬筆畫社的同年級生，漫畫畫得相當好。執行委員是從每個文化社團中各選出一名，雖是打雜，但很團結。

「今天早上眞抱歉。」希拉住我的制服袖子。「我沒能幫大家的忙。」

「畢竟手冊的死線是今天吧？」

「可是……」希眨著因睡眠不足而腫脹的眼睛。

早上六點，執行委員的成員跟化學社社員曾在校舍集合，仔細搜索消失不見的硫酸銅結晶。藍色結晶放在稍大的玻璃瓶中，相當顯眼，如果是哪個人一時鬼迷心竅帶走，或許會因爲不知如何處理而隨便丟棄一處。實驗室、教室陽台、焚化爐、垃圾分類箱的廢棄物箱等等，我們把想像到的地方都找遍了。

「果然是被偷了嗎？」希輕聲嘀咕。她似乎是對沉默不語的我感到不安，停不住吐露不安的嘴：「絕對會上報吧？這樣文化祭就會中止了。」

更麻煩的是，硫酸銅在最糟的情況下有可能被利用於犯罪。我閉上眼睛。這是我第一次恨起每年慣例的愚蠢恐嚇信。那究竟有何目的……

「千夏，對不起。」

希的聲音讓我回過神。

「阻止千夏報警的明明是我們。」

發現硫酸銅結晶遺失的時候，執行委員的態度其實分成兩派。我主張馬上報告老師並報警，這根本輪不到春太來說；但最後被反對派的希他們駁回。反對派相信校內學生的良心。當時，反對派有人高聲說，晚一兩天再向老師報告，如果事情在這段期間內沒解決，他們就會扛起責任。但到底要怎麼扛起責任？這是可以輕率說出的話嗎？我覺得我們已經走到無法回頭的地步了。

「今天還找不到的話，就要報警對吧？」

希在前往校舍門口的途中問個不停，所以我回了一聲「嗯」。

「到最後都不能放棄呢。」

這次我含糊答道：「……嗯。」

「靠所有人的力量，總會有辦法的。」

總會有辦法的。我體會到這句話聽起來多麼空虛。說了這種話後，真的能有什麼辦法的人太少了。在這所學校，據我所知就只有那兩個人——

「藤本狀況如何？」

我問希。藤本是化學社的同年級生，他是個適合穿白袍的秀才，也是遺失硫酸銅結晶的當事人，更是希暗戀的對象。

「這個嘛……他自暴自棄了，正在挑戰用藥劑做派。他說他要賣派，他喜歡巨大的派。嗚嗚——」

聽不太懂，不過這人背負的沉重壓力似乎到極限了。但這點程度是理所當然的報應。

就在我安撫地摸摸希的頭，發出一聲嘆息時。

「喂——穗村同學。」

遠處傳來呼喚我姓氏的聲音。那道聲音讓我一驚，轉頭望去。

草壁老師舉起手走過來。他是音樂科少見的年輕男老師。一部分學生稱他是大雄一般的溫和男子。老師今年才到我們高中就任，欣然同意擔任管樂社的指導老師。草壁老師跟我到暑假前都爲了招募社員而四處奔走，順帶一提，春太也是。

我不經意一看，發現老師身旁有個嬌小的女生。

我對她有印象，她是生物社的同年級生。

「正好妳也在。」

草壁老師也轉頭望向希。黑框眼鏡跟他很搭。

「記得嗎？昨天生物社發生雀鯛失竊案吧？現在那件事解決了。給各位執行委員造成困擾了呢。」

我愣住。根本忘記發生過這種事了。

「唉，」希吐出長長的一口氣，「被偷的東西還眞多——」

我連忙摀住希的嘴。

「怎麼了？」草壁老師問。

「什麼事都沒有！」

我控制不住音量，不小心大聲叫出來，然後慌忙地紅著臉低下頭。一陣沉默後，我感覺到草壁老師在我頭部上方靜靜開口。

「雖說是準備文化祭，但很多教室跟社辦都開著門窗。」

希抖了一下。

「貴重物品跟機器材料的管理或許會出現疏失。」

這次換我背脊發冷。

「問題發生就來不及了，我今天會用校內廣播提醒大家。爲防萬一，妳們這些執行委員能不能也幫我通知各社團？」

「是……」我答道。我的視線停留在草壁老師身邊的生物社社員身上。她拜託草壁老師處理雀鯛失竊案嗎？若是如此，我很能明白她的心情。草壁老師雖然是才剛進來一年的新老師，但包括我們這些管樂社的成員在內，他獲得部分學生的強烈支持。

我一直從旁看著草壁老師，我很清楚。由於他的年輕，壞心眼的學年主任跟資深老師會把學校行政方面的各種雜務推給他，但他完成工作的同時，也會確實對教務主任跟校長表達意見。聽說他學生時代在東京國際音樂比賽指揮部門中得到第二名，眾人期待他未來能成爲世界聞名的指揮。這樣的人爲什麼到這所學校擔任教職，這是個謎團。不過我才不在乎什麼謎團不謎團。草壁老師擁有這麼了不起的經歷，卻一點也不驕傲自大。他不會說大道理，而會配合我們的理解程度，用淺顯的說法跟我們談話。他過去立志成爲優秀的指揮時，在樂團成員之間一定也有深厚人望吧。

「不過眞是太好了，上条同學總算來上學。」

聽到草壁老師這麼說，我被拖回現實之中。上条是春太的姓氏。

「春太人呢？」

「我剛才碰到他也跟他講到這件事。現在他應該在音樂教室，跟大家一起練習要在文化祭表演的破銅爛鐵打擊樂。穗村同學等一下也去排練吧。」

「好的。」

本已轉身離開的草壁老師突然回過頭。他好像發現什麼般盯著我看。

「難道說，妳們碰到什麼難題嗎？」

「咦？」

「沒有啦。只是昨天包括穗村同學在內，每個執行委員都顯得神色慌張。」

淚水差點奪眶而出。啊，我還是撐不下去了。

「呃、嗯，其實……」

希趕緊挺直背脊，摀住我的嘴。我們兩人丟臉到不行。草壁老師輕笑幾聲，留下一句「妳們感情真好」，就跟生物社的一年級生一起走向教職員辦公室。

我呆呆望著草壁老師的背影。他跟我相差十歲。

「……這麼喜歡他，就鼓起勇氣告白就好啦。」

希的聲音從後方響起，我慌亂地轉過頭。

「我會幫千夏加油的。反正這個年頭師生戀一點都不稀奇，連少女漫畫都不會當成題材了。」

「可是，」我差點破音，實際上也眞的破音了，「有競爭對手啊。」

「競爭對手？」希露出訝異的表情。「嗯，以草壁老師的等級來說……有情敵也不奇怪，可是千夏大概可以輕鬆獲勝吧。妳長得可愛，身材又好。」

「不行，絕對不行。我們已經達成協議了。」

「協議？」

「雙方都不能偷跑。」

「是哦。」希做了個似懂非懂、沒了興致的回答。「眞怪。」

看來跟希談這件事只會雞同鴨講，但也沒辦法。我在門口跟希道別，前往春太所在的音樂教室。春太睽違一週後終於來上學，班上同學全都跟以前一樣毫無改變地接納了他。我在背後的努力奏效了。

音樂教室在校舍四樓。我爬上階梯前去，便聽到掃把柄輕快敲打椅子的聲響、還有亂敲寶特瓶聲等等。眞了不起，大家比昨天更合拍了。

「嗚哈哈！」

春太沒品的笑聲響起。

我打開拉門往裡瞧，管樂社的八名成員以春太爲中心聚在一起。破銅爛鐵打擊樂是把桌子、掃帚等近在身邊的事物當成打擊樂器的合奏工具。以鍵盤式手風琴爲主旋律，所有社員演奏出輕快的節奏，春太則敲著鐵桶帶領眾人。

我不禁聽得入神，不知不覺打起拍子。不久後演奏結束，各個社員同時呼出的一口氣溢滿音樂教室。

「小千，」中心的春太對我露出一口白牙，「很遺憾，這裡沒有妳的位置。」

我拉著春太的耳朵，用力到好像快扯下來一樣，將他抓出音樂教室。

3

「痛痛痛痛痛！」

我拉著春太的耳朵走進一旁的準備室，關門力道粗暴到連教室都搖晃起來。

「什麼嘛，你不是挺有幹勁的嗎。」

春太含著淚水在地上蹲了好半晌，不久說：「……我果然還是很期待文化祭。」然後他站起身，露出認真的表情繼續說：「我漸漸覺得文化祭被毀掉很可惜了。」

聽到這句話，我在準備室的角落一屁股坐下。

「該怎麼辦？春太。」

「妳是指昨天講過的結晶事件吧。今天早上的成果如何？」

我無力地搖頭。還是沒找到。

「果然是被校內的哪個人拿到校外了吧。」春太敲響木琴，繼續說：「化學社社員沒有盯著的時間，只有短短五分鐘對嗎？」

「對。」

「既然如此，比起鬼迷心竅或是剛好碰上，認定對方是看準空檔拿走還比較自然。換句話說，犯人是有計畫地偷走那塊結晶。」

這是正常思考就會明白的事，但我們一直盡力避免這樣想，希望這是一時糊塗或是不幸的偶然——大家就是因此才拖著不報告老師跟報警，陷入現在依然不知所措的窘境。

「唉，偏偏偷結晶，那犯人眞的瘋了。去偷化學社社長珍重培育、甚至取了綽號的青黴菌還更健康呢。」

我無視春太這段話。

「那封恐嚇信是認眞的嗎？」

「小千覺得呢？」

被他反問，我動起腦筋。

「……犯人剪下報紙的字，特地放大影印後貼到公布欄上，要求也很胡鬧。如果是沒有打字機的時代就算了，這個年代還搞這種費工夫的花招，我覺得純粹是搞笑。」

「但我們的世代認爲，古趣盎然的形式更有氣氛，事情才有趣。說到底，如果眞心想毀掉文化祭，可以用尺寫信避免暴露筆跡，或送交給校長或教務主任，或像小千昨天說的一樣，直接寄電子郵件或打電話。」

嗯嗯，好像確實是這樣。

「那封恐嚇信今年第三次出現。爲什麼第三次才是暗示會實行的恐嚇犯罪，完全讓人想不通。而且劇毒被偷會造成嚴重的社會反應，警方會當成竊盜案認眞搜索。只用來換教務主任的假髮，不太划得來吧？」

我思考起來。

「你想說那封恐嚇信跟結晶失竊是兩起不同的事件嗎？」

「我認爲是不同的事件。不過沒辦法斷言完全無關。」

春太說得意味深長，我明白他在考驗我。唔唔唔，我熱血沸騰起來了。唯獨不想輸給這傢伙。

那封恐嚇信今年第三次出現——我反芻春太的話。也就是說，這三年間，恐嚇手法都相同，犯人也可能是學校的三年級生。但三年級共八個班級，超過兩百五十人。不可能像無頭蒼蠅一樣從中搜索。

「小千，妳在碎碎念什麼？」

「吵死了！」

春太做了個動作，彷彿在隨便應付汪汪叫的狐狸犬。

「可是怎麼說呢，我覺得這兩起事件在奇怪的部分有關連。」

「……奇怪的部分？」

「聽過小千妳們這幾天的行動後，我更有這種感覺。聽好嘍？我說過好幾次了，這次可能是一起劇毒失竊案，發生的那刻就該報告老師並報警。」

「所以說——」

說到一半，我倏然一驚。等一下。在執行委員中，誰最先阻止我們向老師報告的？反對的成員將近半數。其中也有人是相信校內學生的良心，但要是有人根本不是這麼想——

我好像漸漸拼湊出事件的全貌了。

「春太，隨便給我一枝筆。」

春太默默掏摸口袋，拿出剩小指第一關節那麼短的鉛筆。他絕對是在惡搞我。

我撿起印上室內鞋腳印的五線譜紙，用短短的鉛筆飛快地寫起來。學校有十八個運動社團，二十個文化社團。文化祭的執行委員就是從這二十個文化社團中各選出一名。

花藝愛好會
魔術愛好會
鐵道研究會
天文觀測社
家政社

「哦……」低下頭的春太嘟噥，「都是冷門文化社團，妳接下來打算做什麼？」

「阻止我們報告的文化社團中，由三年級生擔任執行委員的是這幾個社團。」

「繼續說。」春太說。

「假如寫恐嚇信的犯人在這些執行委員中，並且得知有另一個人眞的打算照恐嚇信付諸行動，我想犯人肯定很驚訝。犯人出於搞笑的意圖才每年張貼恐嚇信，但報警的話，就不再是一句『這只是惡作劇、惡作劇』就能了結的事。無論多麼清楚兩件事無關，犯人還是會被當成問題人物吧。」

「妳覺得那個人就是因此才阻止大家報警？」

我用力點頭。「恐嚇信犯人對結晶小偷的身份大概有底，有自信一兩天找到人。」

「原來如此。雖然是假說，但很合理。」

「對吧？只要調查這五個文化社團的執行委員，自然就會順藤摸瓜解決事件。」

春太露出爲難神色，這個反應讓我心生不悅。

「幹麼，對我的想法有意見嗎？」

「沒意見，可是——」

「可是？」

「現在就是還找不到那個寫恐嚇信的關鍵人物，對吧？」春太動動手腕，從袖口露出手表。「今天放學後就是報警的期限，大約只剩三小時了。」

「所以才要加油啊。」

「按照小千的假說，現在寫恐嚇信的當事人正拚命尋找結晶小偷。說不定那個人被逼急了，現在已經引發了什麼騷動呢。」

啊——我想起擔心籌備期中發生問題的草壁老師。

糟，我唯獨不想給草壁老師添麻煩。

「我們走，春太。」

我硬是拉著不情不願的春太手臂，走出準備室。

「爲什麼我要去？」春太扭過頭。「啊，我精心培育的鉛筆滾走了……」

「等一下再撿！」

我跟春太急忙下樓梯，前往舊校舍。文化社團的社辦集中在一樓。當我打算從花藝愛好會開始拜訪時，途中經過的硬筆畫社社辦中傳來一聲大叫。定睛一看，硬筆畫社的社員都來到走廊上，一臉擔憂地在窗邊偷看。

春太探頭望進社辦。

「賓果。」

我也往裡望。魔術同好會的三年級執行委員正待在社辦裡，他拉高嗓音，單方面斥責著希。

我呆站原地。

騙人的吧，難道希是結晶小偷——？

4

「千夏！」

希泫然欲泣地撲到我身上。

社辦中央是魔術同好會的小泉學長。他好像覺得我們很礙事，發出「嘖」的一聲。他的情緒似乎很激動。

春太馬上像要保護我們一般，往前踏出一步。

「學長，能麻煩你告訴我們發生了什麼事嗎？」

春太冷靜沉著地問。不知道是不是平常沒人用的「學長」一詞挑起對方的自尊心，小泉學長別過頭。

「跟你無關吧。」

剛才那個怒氣沖沖的模樣好像騙人一樣，他輕聲嘀咕。

「再這樣下去，圍觀群眾就要去通知老師了。」

春太望向走廊，而小泉學長也轉過頭。這時，從窗邊探頭的社員馬上一起縮回。這群無情無義的傢伙。

小泉學長瞪向躲在我背後的希。

「……喂，快點交出硫酸銅結晶，否則麻煩就大了。」

「我才沒偷那麼可怕的東西。」希說。

「別騙人了。」

「是眞的！」

「不好意思，」從剛才就被當成擋箭牌的我插嘴，「我聽不太懂你們在說什麼。」

小泉學長似乎有難言之隱，陷入沉默。希則畏縮不已。

「是學長張貼恐嚇信嗎？」

社辦中響起春太毫不猶豫拋出的這句話。小泉學長露出有些驚訝的表情。

「對，沒錯。」他承認得很乾脆。

我跟希都說不出話。我一時失去冷靜，下一句話就是：「我要逮捕你。」

「喂喂喂，等一下。」小泉學長連忙辯解。「那當然是開玩笑啊。學校裡的大家也沒當眞，何止如此，大家每年都很期待。說起來，你們不知道只要烤那張紙，就會浮現『歡迎加入魔術同好會』這行字嗎？」

「誰會知道那種事啊！」我不禁怒吼。

但春太說了句「這樣啊」，莫名理解了什麼。「我以前也覺得是個玩笑，雖然過火了些……不過學長剛才聽起來不像在開玩笑。」

小泉學長瞥向希。「你是說我把她當成結晶小偷嗎？」

「不，」春太否定，「我說的是學長那句『否則麻煩就大了』。請你告訴我們，如果文化祭中止，會有什麼麻煩？」

我注視著春太。事情往出乎意料的方向發展了。春太到底想問什麼？

小泉學長握緊拳頭。他好像在忍耐什麼，不久，苦澀之色從他臉上蔓延開來。

「今年的文化祭要是中止，有幾個文化社團會瀕臨廢社。」

「果然是這樣。該不會是花藝愛好會、魔術同好會、鐵道研究會、天文觀測社跟家政社吧？」

咦？——全是我寫在五線譜上的文化社團。

「你知道得眞清楚。」小泉學長聽起來似乎對春太改觀。「你說得沒錯。文化社團社員減少的現象，從以前在各處都是煩惱之源，但最近回家社的增長更催化了這個情況。加上完全缺少一、二年級生的『社員斷層』現象，狀況更嚴重。尤其若是二年級生出現斷層，一年級生不得不擔任領導者，社團活動水準下滑的案例很多。」

「請等一下。」跟不上思路的我打斷他。「我覺得不會因爲社員人數變少就輕易廢社。畢竟每個文化社團都有這個狀況，校方也不會因此就採取過分的處置方式。」

這個腦子搞不清楚狀況的女人是誰？——小泉學長用眼神表示。

她是我朋友，欸嘿嘿——春太也用眼神示意。

只見兩人用眼神做了某種交流。我心頭一把火燒起。

「不好意思……」希從我背後發出畏縮的聲音，「你們難道是指比賽嗎？」

「是啊。」春太繼續說：「悲哀的是，運動社團跟文化社團的預算差距年復一年拉大。當然，少的是文化社團那方。文化社團的活動比較低調，缺乏在公眾前表演的華麗性質，和運動社團相比，表現的機會也比較少。但如果參加大型比賽，在全校集會時獲頒獎狀就是另一回事了。不用執著於獎狀也沒關係。只要有持續參加比賽的紀錄，就比較容易要求保留社團。」

「就是這樣。」這次換小泉學長開口。「對沒有官方賽事的文化社團來說，文化祭成了唯一展示活動成果的場合。展示內容會受到審核，對爭取明年預算幫助很大。哪怕只是一點點，都能避免社團活動的品質下降。即便社員超少，預算也是維持社團存續的一根蜘蛛絲。」

一直像埴輪（註）般楞楞張著嘴的我小聲問希：

「欸，希你們沒問題嗎？」

「沒問題是指？」

「因爲——」我望向走廊上的社員。硬筆畫社包含希在內只有四個人。

「別擔心，我們有參加正式比賽。」

「正式比賽？」

「漫畫甲子園。」

「……那啥？」

旁觀我們對話的春太跟小泉學長噗哧一笑。

「小千，妳可能覺得不過是漫畫而已，但每年高知縣都會舉辦正式比賽，還有知名報社跟電視台提供贊助。」

「硬筆畫社是順利找到出路的社團之一。」小泉學長也說。

「這樣啊……」我完全不知情，希不曾告訴我一句話。我看著希道歉：「對不起哦。」

「生物社的狀況怎麼樣呢，學長？」春太突然問小泉學長。

「生物社？」小泉學長一臉不明所以。

「那個社團的三年級社長暑假前轉學了，只剩三個一年級生不是嗎？」

註：日本古墳時代（三世紀到七世紀）特有的陶器，此處應指口部圓張的人形跳舞埴輪。

「對，那裡的社長跟我是朋友。他轉學前，留下去年在日本學生科學獎中晉級到中央審查的成績，他當時試著在水槽中重現出生地沖繩的海洋。一年級生繼承了他的研究，今年目標是晉級到決審。這次文化祭的看點就是這個。」

「日本學生科學獎……看來社團都會這樣努力尋找出路啊。」春太一臉佩服。

我問小泉學長：「那春太剛才說的五個文化社團呢？」

「這些社團都還找不到正式參加的比賽，社員斷層跟態度消極的指導老師也令人煩惱。他們面臨社團存亡的關頭，從暑假就致力今年文化祭的成果發表，甚至有社員靠著打工補足不夠的社團費用。然而——」

小泉學長語帶不甘地停下話語。在鴉雀無聲的社辦中，春太開口：

「卻有人利用學長的恐嚇信，意圖使文化祭中止嗎？你認爲這是要逼使這五個文化社團廢社。」

「至少我是這麼想的，所以無法原諒。」

「學長應該沒有遭哪個人懷恨在心吧？」

「我毫無頭緒，魔術同好會的成員也一樣。其他四個社團的社員雖然都不太起眼，但全是好人。我無法想像他們遭人怨恨。」

「誰知道呢，人心隔肚皮。」我小聲插嘴。

「妳說什麼？」小泉學長說。「妳這樣也算高中女生嗎？不要說那種像是偏僻酒吧裡離過一次婚的媽媽桑的話！」

「好了好了。」春太安撫道。「回歸正題吧。這對結晶小偷有什麼好處？」

「社團減少的話，隔年的預算名額就會增加。應該有人期待這樣，那肯定就是文化社團的某人。」

「爲什麼？」

「知道化學社今年也會展示硫酸銅結晶，又知道保管場所的人，就只有經手文化祭準備工作的文化社團人員。」

「你懷疑硬筆畫社希同學的理由是？」春太的語調低了下來。

「她今天早上沒參加結晶的搜索行動。」

「只有這樣？」

「對。」

聽到這句話，春太放心地拍拍胸口。我無法繼續沉默，用力一推春太的背，走到小泉學長面前。春太的頭撞到講桌桌角發出聲響。

「過分，太過分了。希可是熬夜製作了文化祭的手冊哦。希也希望文化祭成功，她想盡一份心力而不眠不休努力著，你卻說這種話！」

希屏住氣息，捏住我的制服衣襬。

垂下視線的小泉學長拿起一本手冊。「……的確做得很好。」如此嘀咕後，他小聲道歉：「很抱歉懷疑妳。」

趴在地上的春太宛如從惡夢中醒來一般起身。他像發現什麼似地扭扭脖子，搖搖晃晃地走出教室。

留意到這一幕的我說句「希，之後就拜託妳了」，便追在春太身後。

春太站在走廊最深處。彷彿在冰敷頭部一般，他的額頭緊貼在窗戶上。

「……對不起。頭很痛嗎？」

「期限是什麼時候？」

我的聲音被春太的聲音蓋過。

「兩個小時後，就是執行委員的討論時間。」

春太沉默著。我順著他的視線望去，在正門附近看見一名有印象的女學生身影。她好似拖著沉重的腳鐐，踏著虛浮的腳步走出正門。那是跟草壁老師在一起的生物社同年級生。她看起來很不舒服。

「我說，妳能不能說服執行委員，明天再向老師報告？」

「咦？」

「拜託了。」

「我應該做得到，不過爲什麼這麼做？結晶一定找得回來嗎？」

「結晶不會以原本的型態回來了。」春太像在打啞謎。「我知道結晶小偷的眞相了。」

5

我在下午六點半走遍校舍尋找春太。他的書包放在音樂教室，所以還沒回家才對。現在是文化祭準備期，放學時間比平常延長一小時，但大家再過三十分鐘就得離開校舍了。

我走在逐漸變暗的校舍二樓，注意到理科教室的門微微敞開。我戰戰兢兢地往裡瞧。一道嬌小的人影坐在長桌的一頭。

是春太。

「春太——」我不小心發出可憐兮兮的聲音。

「咦？妳還沒回去嗎？」

「什麼嘛。」我停下腳步。「白擔心了。」

「噓！」春太將食指貼到嘴邊。「盡量不要出聲，現在要等七點過後。」

「那時候會發生什麼事嗎？」我靠過去悄聲問。

「等下去就會知道了。」春太一副別有深意地低聲回答。「順帶一提，要是被人看到我們兩人單獨待在這種地方，應該會遭到誤會吧。」

我稍微離開春太身邊。

殘留在校舍中的些許喧囂也隨著七點將近無聲，慢慢變濃的黑暗侵蝕了理科教室。從窗戶稍微照進來的操場照明在我眼中宛若救贖。我的視線落到手表上，發現已過七點。

一道急促的腳步聲從走廊盡頭接近，在理科教室前突然停下。我屏住氣息。

「——上条同學在嗎？」

門後傳來女學生微弱的聲音。

「我在。」

聽到春太回答，縮成一團的影子打開門走進來。我看不太清楚她的臉，只知道她小心翼翼地抱著一個東西。那看起來像是不鏽鋼水瓶。

我險些叫出聲。站在那裡的，是跟草壁老師在一起的生物社同年級生。發現我的存在，她露出詫異的表情想往後退。

「妳不用逃，雖然站在這裡的人是個粗暴的傢伙，但她會站在妳這邊。」

這句多餘的話讓我神情一陣扭曲，勉強保住自制心。

「呃、嗯，我什麼都不會做，妳過來吧。」

她垂著頭，一步一步走近。當春太跳下桌子伸出手，她默默將不鏽鋼水瓶遞過去。

春太轉開水瓶瓶蓋，接著拿起桌上的燒杯，他在從窗戶照進來的微光中，舉起玻璃容器給我們看。他把水瓶的內容物咕嘟咕嘟地倒進去。

「啊——」

蔚藍而美麗的透明液體，瞬間湛滿燒杯。

我失去了語言能力。

「這就是那個硫酸銅結晶轉變成的模樣嗎？」

聽到春太這麼說，她點了點頭。

「這是硫酸銅飽和溶液。把結晶放在寶特瓶之類的容器裡，用力搖晃，靜置一天即可完成。而妳需要這個東西。」

她默默點頭，肩膀顫抖得更厲害。

「妳知道這是劇毒但還是偷走它嗎？」我總算恢復說話能力。

她緊閉著嘴。我耐心等待，但她什麼也不說。這樣的態度讓我忍不住心頭火起，逼上前抓住她的肩膀。

「快回答，妳到底出於什麼動機偷走劇毒？妳知道大家多擔心文化祭中止嗎？」

她「哇」一聲哭出來，趴倒一般坐倒在地。激烈的嗚咽聲響徹理科教室。我茫然呆立在原地想著：光哭我怎麼懂……光是哭怎麼解決問題……

「小千。」

春太的聲音讓我回過頭。

「我們認為這是劇毒，但在她眼中是另一種東西。」

「……什麼意思？」

「這是解藥。硫酸銅水溶液可以當成兩種病的特效藥。意外的是，這自古以來就為人所知。」

「病？」我看向仍在哭泣的女學生。「到底是誰生了這種病？」

「雀鯛。藍魔鬼，正式名稱是雀鯛科的藍刻齒雀鯛。牠琉璃般的體色鮮豔美麗，在日本是廣爲人知的海水熱帶魚，沖繩的礁區時常有這種魚在潮池群聚。生物社社長留下的研究，大概就是雀鯛的生態觀察。」

我注視著春太。

「白點病是觀賞魚特有的疾病。初期會出現大約一公厘的白點，如果放著不管，轉眼間就會擴散全身。魚被無數白點覆蓋，因爲感到疼痛而頻頻用身體摩擦碎石或漂流木。她大概是——」

春太將燒杯放在長桌上，繼續說：

「她大概不忍看到藍魔鬼這個模樣，拚命想治好牠，所以用了市面上販售的藥，但完全沒起色。海水魚的白點病跟淡水魚的白點病源於不同種類的寄生蟲，市面鮮少販賣海水魚的藥。世上是有有效治療海水魚白點病的高價藥品，但她弄不到那種昂貴的藥。」

「爲什麼？」我低喃。

「做爲文化社團，生物社預算很少，光靠三個學生就要維持很花錢的熱帶魚飼育。他們至今大概連零用錢都用上了，因爲不想讓社長留下的研究消失。他們無論如何都想在文化祭展出，希望得到認可，讓社團生存下去。」

我看向蹲著的她。

「眞的嗎？」

她垂著頭點頭。不久，我聽見不停顫抖的聲音。

「我從認識的人口中聽到硫酸銅的事。我知道化學社很重視製造出的結晶，但是我想說如果只是拿走一顆的話……」她輕聲嗚咽。「我把生病的藍魔鬼一起偷偷帶回家……但最後還是怕得不敢用……」

「這是因爲，」春太插嘴，「如果搞錯硫酸銅水溶液的濃度，可能會導致藍魔鬼死亡吧？」

她點頭。「隔天，我私下把藍魔鬼帶回家的事鬧出了大騷動。我連忙趕回家，把牠放回原本的水槽。但我不敢說出硫酸銅的事。我聽擔任執行委員的朋友說那是劇毒，被偷的事鬧出問題了。我想還回去，但全都溶化，想還也還不回去……」

我默默傾聽她的說明。雀鯛失竊——草壁老師的話語在腦中響起。

「對不起，對不起。」她不停道歉，連聽著的我們都感到心痛。「我一直獨自煩惱、束手無策的時候，上条同學叫住了我。」

忽然間，我想到她是不是喜歡已經轉學的三年級社長，因此拚命守護他留下來的研究。這個水槽世界重現了他誕生故鄉的沖繩大海，她無論如何都想將之留在這所學校。這是什麼樣的感情呢？

「解決了。」春太別過頭，不帶感情地拋下這句話。

「可是……」我無法除去心裡的疙瘩。

春太輕輕發出「嘖」的一聲，他拿出錢包，用手指彈出一枚五百圓硬幣。我像空手入白刃一般接住在半空中轉啊轉的硬幣。

「若是鼓勵執行委員集資，好歹募集得到買藥錢吧？我覺得你們這些執行委員沒資格責備她。」

爲了守護重要的事物，採取了越軌的行動。在這一點上，我們是一樣的。

「——好。」我回答。「明早我會告訴所有執行委員，我想大家一定能夠理解。我不會容許他們反對的。」

「小千，就是要這樣做才對。」

少女抬頭望著我們，吸吸鼻子。無論她怎麼擦，新的淚水仍不斷流下，打溼地板。

「好了，再不快點回家，會被老師罵的。」

我拉起她的手臂。正當我們一起走出理科教室時，我留意到春太還獨自待在裡頭。

他正望著窗外，只留給我一道背影。而視線的前方，是製作到一半的文化祭大門。

6

文化祭當天。管樂社在體育館舞臺上表演我只聽過前半部的破銅爛鐵打擊樂，得到零零落落的掌聲。準備的椅子並未坐滿，不過每年好像都是這樣，所以也沒辦法。

我一面收拾用具，一面轉向觀眾席。

希揮著手，魔術同好會的小泉學長則帶著彆扭的表情輕輕鼓掌。

草壁老師在側臺被社員中的同年級女生跟學姊包圍，我聽得到她們興奮的聲音。

哼，全還是一群小孩子。她們的「喜歡」跟我的「喜歡」層級不同。因爲我曾跟老師一起爲招募社員奔走，一直在旁注視著老師，我才說得出這樣的「喜歡」。今天這場精心演出也是我們努力的成果，暑假前是絕對想像不到這幅光景的。我才有資格跟老師分享這份感動。

但我失算了。

不是只有我喜歡上爲了招募社員而東奔西走的老師，還有另一個人。

我走下舞臺，目光停在觀眾席上的一點。生物社成員全在場。魚的買藥費由所有執行委員跟聽到消息的文化社團學生合出，籌措到多達兩萬圓的金額。聽說生病的藍魔鬼也撿回了一條命。

那位同年級生朝我頷首致意。彷彿祈禱一般，她好久好久都沒有抬起頭。

我於心不安，因爲我變成解決事件的最大功臣。拜此之賜，開始受到大家另眼相看。

但眞正的功臣是——

我轉過頭。

春太用迷濛的眼神望著草壁老師，看起來心不在焉。

現在回想起春太拒絕上學的前一天，他當時的態度很值得敬佩。即便遭到班上同學嘲弄，他也沒有說出任何藉口或否定，只是默默垂著頭站在那裡。

我就做不到。

春太雖然是男生，但我偶爾還是會不安，深怕他搶走老師。這種事絕對不可能發生——我很想相信不可能發生……但我有時會產生恐怖的想像，夜不成眠。

我不禁起了雞皮疙瘩。這眞是一段難以想像的三角關係。我絕對不承認，但有時我會因爲對方是春太而不由得認可了。

因爲我最大的戀愛競爭對手，就是春太。

魔術方塊的祕密

冬天到了，春天還會遠嗎？

這是國中時代恩師教我的一句話。我一直以爲是日本俗諺，指正我錯誤的是童年好友春太。他咬著盒裝牛奶的吸管，輕描淡寫地說：「妳這麼想倒也沒什麼差啦？」我莫名火大地掐住他的脖子，因此他含著淚水向我說明：「這是英國詩人雪萊的〈西風頌〉裡的一節。」哦，眞意外。這個詩人眞不錯。就在我滿心敬佩的時候，春太嘀咕：「雖然他是有奇行加怪癖、被取了限制級等級綽號的人就是了。」

我有種回憶被玷汙的感覺。不是被雪萊，而是被春太。

即便雪萊是╳╳╳，只要他的詩作出眾不就好了嗎？當需要忍耐的寒冬到來，就代表溫暖的春天也在不遠處。就算現在因不幸而痛苦，只要撐下去，前途就有光明的未來跟希望在等待。

我想珍惜相信這件事的心情。

但也有將不幸當成擋箭牌，無法採取任何行動的人；也有在冬季的嚴寒之中，光是吐出結凍的呼吸都要費盡全力的人……這點我也明白。人類並不如嘴上說的那麼堅強。

那樣的人該怎麼辦才好？

我該如何推他們一把呢？

告訴我啊，春太。

1

我的名字是穗村千夏，高中一年級的多情少女，也可說我是個可愛的小姑娘。總之，請容我如此自稱。我在國中時代隸屬全年無休、二十四小時營業的日本企業般無比嚴苛的排球社。我決心趁著升上高中的機會進入有女生氣質的社團，東奔西跑到最後總算順利在管樂社落腳。現在我仍寶貝著奶奶慶祝我入學，買給我的長笛，賣力投入練習。

文化祭餘韻淡去的十一月上旬，那件事在冬初時發生了。

魔術方塊突然風靡全校。

我說明一下魔術方塊好了。這是匈牙利建築學家魯比克·厄爾諾發明的立體益智玩具，平行轉動三×三×三立方體的其中幾面，拼出白·藍·紅·橘·綠·黃的六個面即可完成。轉動時的旋轉感最棒了。就算只是單純轉動，或只拼出一面，也能大幅消解壓力。聽說我媽媽讀高中時（一九八〇年代）大爲流行，全國各地還舉辦了比賽多快拼出六個面的大會。那是手機還沒普及的時代。

事情的開端是我所屬的管樂社。

二年級社員將義賣會賣剩的魔術方塊拿到社辦，隨手扔在桌上。小貓兩三隻的社員稀稀落落地聚集過去。

那是個宛如未開化部落居民，注視著從天而降的可樂瓶般的景象。一位具有勇氣的前輩伸手拿起，轉動起來。當一面顏色拼好，一股喜悅噴湧而出，我們爭先恐後出手，上演小朋友般的爭奪戰。

隔天，一個增生爲三個。

這沒什麼，不過是街上的大型書店角落在悄悄販售魔方。四分之一世紀前也流行過的益智玩具，堅忍地找到棲身之所，繼續活了下去。

練習的空檔中，社員拿著魔術方塊轉啊轉、轉啊轉，下課時間也會輪流挑戰。大家都熱心研究，口中說著手指加速法、層先解法、Ｆ２Ｌ等等，認眞談論不知道從哪裡學來的專門術語。

一個星期後，三個增生爲七個。

不會吧？而且合唱團跟戲劇社成員也隨身攜帶，每一個都形狀大小不一，還有卡通圖案等各種類型，自豪地互相獻寶。或許是這種益智玩具能給人聰明的印象也說不定。而且顏色繽紛，若換個觀點來看，也算是有種時尚味。魔術方塊這種稱呼不是挺帥的嗎？也是啦，比起在學校、公車或是電車中默默跟手機大眼瞪小眼，這的確比較健康清爽……

幾天後，校園到處都看得到魔術方塊。看著連準備考試而疲累不堪的三年級生都陶醉地將之拿在手中，我一陣暈眩。

據說有人在路上發現大量特賣的奇特店家，結果學生蜂擁而至。嗯嗯，原來如此。看來在管樂社這種小眾團體中受到正面評價的東西，就是這樣在狹窄的校舍中踏上急速普及的道路。我親身體驗到風潮產生後，在超短期內生根的過程。在走廊、中庭、樓頂拿著五顏六色的魔術方塊轉啊轉、轉啊轉的景象，讓我陷入一種錯覺，此時彷彿不是現代社會，而自己誤闖奇幻世界。

然而無論什麼風潮，都必然出現衰退之兆。以我的學校來說，就是開端的管樂社厭倦之時。實際上，大家過一個月後都膩了，找起下一種刺激。

此時，壓軸登場了。彷彿想主張風潮的高峰與衰退都要由開端的管樂社決定，一個自豪為明星的笨蛋登場了。

那就是法國號演奏者上条春太。

我介紹一下春太吧。他是我六歲以前的鄰居，之後各奔西東，接著在高中重逢的幼年玩伴。他很介意自己的娃娃臉跟嬌小身型，但他天生擁有女生的我發自內心所渴望的一切要素。他有柔順髮絲與細緻白皙的肌膚，還有雙眼皮與纖長睫毛。春太容貌中性，被女生稱讚可愛就會不高興，想刻意裝出硬派的一面，但這反而導致隱性支持者增加。

可是，大家不能上當。

他身上藏著大祕密。

他因為那個祕密拒絕上學時，我出手相救。

而春太在短短三十秒內，就能把魔術方塊的六個面拼好。

就連眼光遠高的的管樂社社員也為之嘩然，但我冷眼以對。我還在想他練習結束就直接回家，偷偷躲在房間裡是在做什麼，原來是這個啊。過了半夜四點，房間的燈還亮著的傳聞，原來就是這個引起的啊。

春太以一秒、十分之一秒爲單位逐漸縮短時間。傳聞轉瞬傳開，合唱社、魔術同好會、硬筆畫社到生物社，最後連三年級生跟回家社的學生都被捲進來。明明可以不要理會，他們卻正中春太的下懷，對他發起種種挑戰。春太被要求先做三十次伏地挺身、額頭貼在球棒上轉圈圈、用直笛吹完「G弦之歌」再開始等等，背負各式各樣的不利條件。

神速方塊高手春太。

一如這個稱號所示，春太站上了學校的頂點。方塊高手是能成功拼出六個面的人的正式總稱，不到三十秒就完成的強者則被贈予「神速」的桂冠。之後，音樂教室不時響起「不行，這樣成不了世界第一」的哀嘆，以及眾人鼓勵他的聲音。順帶一提，官方世界紀錄是七．〇八秒。這絕對不可能打破。

各位，拜託你們認眞練習管樂啦。

我很不爽，於是弄亂春太陸續完成的魔術方塊洩憤。春太無畏無懼地繼續完成，而我繼續弄亂。不久，我學到了訣竅，可以用短短十秒、僅僅二十個步驟就完全弄亂。做到這件事的時候，我發現眾人向我投來畏懼與憧憬的目光。

轉亂好手千夏。

這是我的稱號。轉亂是把六面拼好的魔術方塊轉得亂七八糟，正式比賽似乎還有稱爲轉亂員的正規專屬工作人員。唉，終於連我都變成其中一員了。

轉啊轉，轉啊轉。

轉啊轉。

無論再怎麼有趣，再怎麼盛行，風潮這種東西總有一天都會面臨沉寂的命運，就好比落在沙漠中的冰雹。雖然早已明白，不過眼看校園見慣的景象漸漸消失，好像目睹六彩寶石逐漸不見，讓人感到寂寥。

風潮的開端與蔓延越是隨便，越會留下悽慘的殘骸，不再被看一眼。這是最糟糕的終結。我媽媽到現在都還把脖子上長著領子的噁心蜥蜴、鰓上彷彿長著筆頭菜的奇怪蠑螈照片像遺照一樣貼在相本上（註），但我們學校的魔術方塊，由引發熱潮的春太準備了特別的引退舞臺。

魔術方塊退流行的一天——

學校中庭通往正門的道路上種著整排樹木，樹蔭下的長椅則供人休憩。放學後的社團練習前，春太盤踞在他的固定座位上。他的理由是讓頭腦冷靜下來。

學生放學途中，不時瞄向春太。春太拱著背脊，戴著手套，吐著白色氣息，默默轉動魔術方塊。部分女生認為這是如詩如畫的景象，不過他有點不對勁。

春太嘆著氣，神情憂鬱，有時痛苦地皺起臉。就連不再對魔術方塊感興趣的學生也關注著他。如果是第一次看到的人，一定會停下腳步吧。

因為春太挑戰的是——六面全白的魔術方塊。

註：前者應指傘蜥蜴，後者應指墨西哥鈍口螈，兩者於一九八〇年代的日本皆曾因廣告風行一時。

2

若要說明來龍去脈，就得從對春太提出極不合理難題的女學生說起。

我跟春太老早盯上了成島美代子這位同年級生，想邀她加入管樂社。爲什麼是在這種時期決定？爲什麼會由一年級生的我們來做？這當然有理由。

我們的管樂社只有九名社員。鼎盛時期似乎有超過六十人的紀錄，但今年處在勉強逃過廢社危機的低谷狀態。這樣根本無法參加比賽，活躍的場合頂多就是爲棒球隊加油時的演奏、在體育祭演奏國歌〈君之代〉，或是文化祭中的舞臺表演。我才不要這樣。而且社員減少也會影響預算。

可恨的是，我們發現今年有將近三十個接觸過管樂器的人入學。在升高中之際放棄管樂的學生意外多。情況分成兩種，一種是要加入運動社團，另一種則是對社團活動失去興趣。

成島美代子就是後者之一。

雙簧管演奏者。我第一次聽到雙簧管演奏，是在地區學校的管樂研究發表會上。雙簧管的樂音近似人類的歌聲，我心想，這是多麼優美的樂器啊。春太一直說，以樂器「歌唱」是最適合用在雙簧管的形容。雙簧管有兩片簧片，是種不太需要換氣的樂器，所以可以吹出明晰圓潤的音色。實際演奏中，雙簧管常常會負責吹奏主旋律，並執掌獨奏。

春太熱切期盼她入社，他說成島是無論如何都想得到的卓越人才。至於我，成員中加入雙簧管很吸引人沒錯，但我對她這個演奏者的性格很難產生好感。

「小千，妳走太慢了。」

春太的催促讓我回過神，不經意仰望天空。風有點冷，不過頭上是一整片萬里無雲的晴天。

學校的午休時間，我跟春太前往商店街盡頭的食品雜貨店。之所以特地到教職員辦公室提交外出申請，是因爲成島說飯後想喝果汁，而且非得要是國產全熟鳳梨口味果汁。像這種稀少的果汁商品，一定要到商店街盡頭的食品雜貨店才買得到。

也就是說，我們是她的跑腿，而這個任性要求中也適度加入名爲「驅趕煩人精」的香料。即便如此，春太還是毫無不悅之色地答應了。

我無法接受。我先抱怨了一句：

「爲什麼連我也要來？」

「因爲我一個人纏著她的話，純粹就是個跟蹤狂。」

春太一面走，一面呢喃：成島是隔壁班同學。今天好不容易才製造出跟她說話的機會，沒想到不到一分鐘就變這樣……

「乾脆眞的去當跟蹤狂算了。」

「哼，」春太說，「學生怎麼看待是沒差，但我死都不想被草壁老師討厭。」

啊，是哦。各位，這傢伙是變態哦——

我轉換心情，問道：

「欸，她有這麼厲害嗎？」

「去年我在普門館聽過她的吹奏。」

「咦！」

我眞心驚訝。普門館。這對熱愛管樂的高中生來說是嚮往的聖地，以棒球而言就是近似甲子園的存在。正確來說，全日本管樂比賽國中組、高中組的全國大賽每年都在東京都杉並區的普門館舉行。包括媒體在內，會有大批觀眾到場，比賽受歡迎到連演出人員的家屬購票都有困難。

春太也仰望天空。

「她讀的國中，用二十三人這種沒前例的稀少人數出賽。少人數對審查不利，但第一次出賽就以小搏大奪得銀牌。」

我默默倒抽一口氣。原來是這樣。爲什麼這麼重要的事不先說呢？我好像明白春太執著她的理由了。

春太認眞把普門館當成目標。但悲哀的是，我們學校的管樂社沒有那些普門館常客的規模、設備跟技術，也沒有歷史跟傳統。東缺西缺下，總是在預賽中的預賽，也就是地區大會中止步。

即使如此，春太還是沒有放棄夢想，因爲我們入學時到校就任的音樂老師——草壁信二郎，二十六歲。他在學生時代曾在東京國際音樂比賽的指揮部門得到第二名，眾人期待他能成爲舉世聞名的指揮。然而海外留學歸來後，他捨棄過往的所有資歷，消失了好幾年，之後到這所學校擔任教職。理由不明，他本人也不願提起。但唯有一件事清楚明瞭，他是我們管樂社的溫柔指導老師。即使擁有強大的資歷，他也一點都不驕傲自滿，會用配合我們理解程度的用詞對我們說話。當然，管樂社社員都很仰慕老師，而我還知道很多很多大家都不知道的草壁老師優點。

我、春太跟管樂社的其他社員都暗自希望讓草壁老師再次站上公開舞臺，而且是普門館那鋪著黑得發亮的亞麻地板舞臺。要是草壁老師能以指揮身分站上我們賭上青春的至高舞臺，該有多美好、多令人驕傲啊。因此，我們在旁人眼裡好像老是在玩，但無論是實際層面還是精神層面，大家都認眞投入練習。國中時代隸屬於嚴苛女排社的我都這麼說了，絕對不會有錯。

講到這裡，偶爾有人不禁失笑，說這像電影、電視劇中才看得到的廉價白日夢。我們當然明白這種事。沒有人天眞到以爲努力就可以獲得回報，大家都深知現實的艱辛。但我們並沒有忘記，無論多麼弱小的管樂社，都擁有挑戰普門館的權利。爲了繼續保有挑戰權，我們才不吝於努力，這有什麼不對嗎？

「……二十三人啊。」

有學校光靠這樣的人數就能挑戰普門館，還留下好成績。我屈指算起來。我們還差十四個人……我心裡湧起一點希望。

「那是人數少才做得到的精緻合奏，是我在會場中聽到最有印象的演奏。」

「這樣啊。」我莫名開心了起來。

「啊，不過小千得更拚命招募社員才行。」

「爲什麼？」

「若要掩飾小千的失誤，需要越龐大越好的音樂陣容，想玩什麼合奏眞是想太多。不過管樂的優點就是可以合爲一體，一起演奏。」

眞想踹春太的背一腳，不過我忍住了。他大致上沒有錯。我得更努力練習長笛才行。

「成島答應入社後，不知道能不能跟我們處得來。」

我嘟噥著說出很在意的事。

「誰知道。就算處不來，也還是拜託她至少把雙簧管留在社辦裡吧。那在樂器當中也算是高價的，只要賣到二手樂器行——」

我在春太背上一踹。

「搞什麼！」

「你小偷嗎！要是眞的做了，我可不會放過你。」

「我開玩笑啦，眞是的。」

春太脫下制服外套拍了拍。白色信紙從內袋輕輕飄落，我撿了起來。若是情書也不稀奇，但上頭用粗線條文字寫著「挑戰書」。我感到一陣無奈。

「你又接受魔術方塊挑戰？」

「當然，身爲神速方塊高手，這是理所當然的職責。」

「我可以看嗎？」

有三封。上頭寫著時間、地點，以及比賽前春太須背負的不利條件：占據廣播室，以及在校長室死守一個小時。都是看來能讓人度過一段相當美好時光的高中生活內容。至於最後一封，寫著用眼睛夾住花生這種像從哪本漫畫看來的條件。

「……唉，眞是難題。」

春太遙望遠方。

我們買到國產全熟鳳口味的果汁，急速衝刺到成島的教室時，是在午休即將結束的十分鐘前。在初冬的天空下，我們流太多汗，全身上下彷彿都要噴發出鹽巴。我跟春太都喘得上氣不接下氣。

我們從拉門望進教室。男生跟女生都待在各自的勢力範圍，圍成小圈圈聊得興高采烈。這是尋常的午休景象。唯有成島留在這樣的框架之外。

我們穿過座位，走向成島。她獨自趴在窗邊的桌上。我很清楚她沒有睡著，只是靜靜屏住氣息。她採取一種以全身抗拒旁人攀談的姿態。

留意到我們，成島半撐起上半身。感覺像好幾年才剪一次的土氣長髮是她的特徵，戴著眼鏡的臉完全被遮住了。

「給妳。」

春太將果汁放到她的桌上。他的笑容具有彷彿將人吸進去的溫暖，大抵上沒有女學生對此無動於衷。可以的話，我甚至期待她在我們面前一口答應。

但成島注視我們兩人一會，露出一副想說「哦」的表情，將果汁放進書包，接著她再次趴回桌上。她一瞬間浮現「你們眞莫名其妙」的表情讓我不爽起來。

春太登時伸出一隻手，制止想踏前一步的我。

「抱歉，其實是我們不好吧？攪亂妳平穩安寧的校園生活。妳會不快也是理所當然。往返商店街這件事也是我們自己要做的，妳沒有任何責任。」

成島有了反應。她稍微抬起頭。看來她本來沒料到我們眞的跑去買果汁，多少有那麼一點罪惡感。而春太誠懇地抹除她這份感受。

「小千先墊了不夠的錢，但她也一點都沒有記恨。」

竟然給我多說廢話。我用手肘頂春太。

成島慢慢拿出錢包，不悅地問：「請問是多少？」

「是多少？」

爲了不讓談話中斷，春太把好不容易扯出來的對話線頭拋給我。

「很貴很貴，畢竟是國產全熟鳳梨口味嘛。」

我接收到了他的暗號。

「剛才差點買成國產全熟奇異果口味。」

「我最喜歡奇異果了。」

「妳知道嗎？奇異果是獼猴桃科獼猴桃屬哦。」

「是哦，不知道我家的貓能不能吃。」

「請問多少？」玩笑話對成島完全不管用。

「錢根本不重要。」我吁出一口氣。「對不起，我也要跟妳道歉。既然希望成島加入管樂社，應該更光明正大說出來才對。我們無意用這種事讓妳欠人情。」

成島的視線動也不動，從長髮間注視著我們。她從錢包裡拿出兩百圓，像是下將棋一樣輕輕放在桌上，嘀咕了句「眞囉嗦」，便再度趴到桌上。

宣告休息時間結束的預備鈴從音箱中響起，隔壁班學生開始零零散散回到教室。我跟春太都會造成干擾，所以我們來到走廊上，兩人一同嘆氣。

「還有明天。如果明天不行，也還有後天。」春太並不喪氣。

「咦——」我答得不情不願。

我沮喪地要回隔壁教室時，發現春太沒有跟上來。他似乎要在走廊上等哪個人。

「……射人要先射馬啊。」

他嘟噥著些什麼，並轉過頭。走廊盡頭有一群熱熱鬧鬧走來的女學生，她們是成島的同班同學。春太的目光停留在一個很適合綁辮子的女生身上。

「妳是西川眞由同學對吧？」

「是的！」

被叫出全名，她好像差點跳起來一樣，停下了腳步。

「我接受妳的挑戰。」

春太從制服內袋拿出來的，是那封挑戰書。

「痛痛痛痛痛痛痛痛痛痛！」

放學後，不顧被我在眼睛跟鼻子塞了花生而滿地打滾的春太，西川率先拼出魔術方塊的六個面。

「太棒了、太棒了，我是冠軍！」西川舉手歡呼。

管樂社社員聚集在音樂教室，圍觀春太的怪異舉動。所有人都爲西川鼓掌。

「妳很行嘛。」

春太起身，伸手搭在西川肩膀上。眞是個眼中含淚也如詩如畫的男人。

「上条跟傳聞中一樣有趣。」西川笑咪咪地說。「不過你丟掉冠軍寶座了。」

眞是無情的一句話。

但春太沒有動搖。他從西川手中輕輕拿起拼完六面的魔術方塊，朝我拋過來。我花不到十秒轉亂，再丟回給春太。管樂社的眾人再度拍手。

春太望著手中的魔術方塊一會，接著眼光變得銳利，開始高速轉起魔術方塊。顏色陸陸續續拼齊，但流程與以往不同。拼出完成的骰子圖樣時，還花不到三十秒。

「來，給妳當紀念。」

春太將骰子圖樣的魔術方塊遞給茫然佇立的西川。西川拿著魔術方塊，一屁股坐倒在摺疊椅上。那是承認敗北的表情。

春太也拉來一張摺疊椅，在她面前坐下。接著他和善地問：

「妳以前跟成島是朋友吧？」

以前？我注視西川。西川的反應稍慢了一拍，但她點點頭。

「……爲什麼你知道？」

「四月的時候，常常看到妳跟成島一起回家。」

也就是說，春太入學後馬上就盯上成島了吧。春太繼續說：

「成島從外地搬過來，班上當然沒有國中時的朋友。按照座號來算，妳跟成島會坐在前後座。是妳主動找她說話吧。這是交友常見的開始。」

西川的模樣有了變化。她將放在膝上的拳頭握得緊緊的。我頓時明白，午休時獨自趴在教室桌上的成島，與在走廊上跟其他朋友笑談的西川之間，存在著截然不同的世界。

「跟成島待在一起時，妳想必覺得喘不過氣。」

我目瞪口呆地看向春太。春太對西川擺出平靜的表情。西川想說些什麼，卻好像敗給內疚感，而懦弱地閉上嘴。

「妳不用在意說出來，」春太用歐美人士常有的動作聳聳肩，「畢竟這是雙簧管演奏者的宿命。」

「咦？」

我跟著做出「咦？」的反應，管樂社的其他人也露出「咦？」的表情。

「妳剛開始跟她很要好，應該知道她國中時吹過雙簧管吧？雙簧管是絕對無法當配角的樂器，如果獨奏技術不佳，很難在樂團中順利演出。演奏者的個性也會強烈影響音色，是種相當纖細的樂器，因此很容易累積鬱悶的情緒。長期接觸的話，性格就會變沉悶。」

好奇怪的理論，絕對是鬼扯。西川也投以懷疑的目光。

「眞的嗎？」

「當然。」春太帶著無比認眞的表情說。「不過這就是成島全心投入雙簧管的證據。在這裡的我們都想跟成島當朋友，希望迎接她成爲夥伴……她是足以進入全國大會的演奏者。而且她無意當職業演奏家，那就來參加業餘管樂社吧。」

一陣沉默。

「可是美代她——」

西川說到一半，又緊閉上嘴。她全身繃緊，靜靜垂下頭。

「妳知道成島放棄雙簧管的理由吧？」

春太壓低聲音問。西川保持靜默。現場氣氛沉重。若要談話，現在圍觀群眾太多了。社員察覺到狀況，成群離開音樂教室。大家眞是體貼。春太對此點頭道謝。我也打算離開音樂教室時，春太勾了勾手指頭。我留下來沒關係嗎？我以目光詢問，他以目光回答我當然可以。也對，畢竟我已經參一腳了。

音樂教室裡剩春太、我跟西川。即便如此，西川依舊頑固地緊閉著嘴。她想必是秉持著自制心，認爲不可以輕易說出口。

如果這是妳的想法，那麼西川，妳現在依然是成島的朋友啊。

春太以寧靜的眼神注視著西川。時間靜靜流逝。

不久，他說：

「我在去年全國大會聽過她的演奏。節目都結束後，會場響起一聲尖叫。而她的身影沒有出現在頒獎典禮上。這件事跟那個理由有關嗎？」

西川訝異地抬起頭。我也深深吸一口氣，凝視著春太。

西川吁出一口氣。接著，她宛如低聲自語的聲音響起。

「那一天，美代的弟弟去世了。」

3

兒童腦瘤。

成島的弟弟六歲時，因突然嘔吐而被帶到醫院，診斷出這個結果。之後，他在一家四口的扶持之下度過與病魔奮鬥的漫長生活，一度顯現出康復的跡象，卻在十三歲時離開人世。他當時才剛決定要進入比別人晚一年的國中就讀。

成島跟雙親都沒預期他的病況會突然生變。當天，他們在普門館的會場，沒見到他的最後一面。這是不幸的巧合，但成島的性格並沒有圓滑到能夠接受這是不幸的巧合。她因父母拋下弟弟來幫她加油而感到憎惡，現在也責備著導致這種局面的自己。

老實說，這樣的悲劇對眼界只到十六歲的我來說太沉重。春太也只能閉著雙眼，默默傾聽西川的敘述。這是當事人才了解的辛酸與痛苦。我們這些外人僅止略知一二，什麼都做不到，最多只能幫她買國產全熟鳳梨口味的果汁。

可是啊，想多做一些。

雖然我不知道該說什麼才好——

啊，真是的。

週末到了。現在是星期日下午。

西川一個人站在住宅區的指路牌前。她沒綁辮子，身穿白色套頭毛衣跟窄管牛仔褲，手上拿著百貨公司的紙袋。

這是我們相約的地點。當我抵達時，西川蹦蹦跳跳地朝我揮手。

「春太呢？」

「在那裡。」西川一指。

春太在一段距離外的公車站牌旁，拚命用鞋底蹭著地面。

「……他說他踩到狗大便。」

我伸手搭在嘴邊大喊「喂，你別靠近哦」，然後說「那我們走吧」，跟西川並肩邁出步伐。

這裡是與量建住宅（註）鄰接的一角。每棟建築都外型相同，毫無個性。但也沒辦法，這是在看不到入住者身分的狀況下大量建造的。我想起在建設公司工作的爸爸說過，將生命力注入其中就是「家庭」的工作。

我們三人要去成島的家。

西川的紙袋裡，裝著跟成島借了一直沒還的CD跟漫畫。她帶了許多親手做的點心當成賠罪，創造出讓我跟春太一起登門拜訪的契機。我跟春太昨天在西川家努力幫忙做瑪德蓮，裏頭也揉進我們在上星期午休那件事的反省之情。

成島的家在住宅區盡頭。那是量建住宅之一，一看外觀就知道是中古屋，感覺有幾分淒涼。我抬頭望去，二樓的小陽台上立著好幾幅畫著風景畫的畫布。畫作上色功力深厚，技巧高明。爲什麼會放在外面呢？

「好香哦。」不知何時，春太站到我身後。「這是燉牛肉的味道。」

「我打電話過去的時候，成島媽媽很起勁。」西川輕聲說。

「咦，不會吧？」我嚇了一跳。「要請我們吃晚餐嗎？」

時間還不到三點。

「西川，妳被邀到她家很多次嗎？」春太忽然悄聲問。

「是的。」

「哦。所以先不管成島本人怎麼想，她的父母一直很歡迎妳啊。」

註：原文為「建て売り住宅」，相對於由購屋者自行指定樣式，這是由建設公司統一建造，在建造途中或完成後連同土地一同販售的住宅。

「……對。」西川很愧疚地低聲說。「我不是每次都會跟她約，不過……伯父跟伯母說要我再來玩的口吻實在是……」

「實在是太殷切吧？」

西川垂首點頭。

我也畏縮起來，但還是鼓起十足的精神說：

「上吧。」

聞言，西川也微微一笑，上前按下門鈴。裡頭響起匆促的腳步聲，門慢慢敞開，出現成島爸爸。他約年過五十，頭髮不算稀疏，但夾雜著幾縷銀絲。他略顯蒼白的臉上，殘留著長時間累積下來的疲倦。

「您好，好久不見。」西川挺直背脊。

「歡迎妳來。」成島爸爸表示歡迎。接著，他的目光停在緊張地站著的我和春太身上。我們都想開口時，春太往前踏出一步。

「我是美代子的同年級同學上条。旁邊這位是我的朋友穗村，同樣屬於管樂社。今天我們硬是拜託西川同學，請她讓我們一起上門叨擾。」

被搶先了。我推開春太。

「我是穗村。我們會注意不要造成麻煩，打擾您了！」

成島爸爸浮現柔和的笑容。他一笑起來眼角就會出現許多皺紋。

在我心中，他的溫柔形象定型了。

「歡迎你們。」成島爸爸擺出三人份的拖鞋，他殷勤到讓我們有些惶恐。

我們接著被帶到木製風格的寬廣客廳。

「請問美代呢？」

「……美代子啊，」成島爸爸回答時很尷尬，「她馬上就會跟內人一起回來。」

我的肩膀被春太輕輕戳了戳。春太面朝著廚房，裡頭有個燉牛肉的鍋子。爐火關著，圍裙跟抹布都扔在地上，看起來像是匆忙追出去。

「看來她逃跑了。」

為了避免別人聽見，春太悄聲說。我覺得好像不小心看到不該看的東西。

成島爸爸幫我們泡咖啡。我們四人坐在沙發上，啜飲著咖啡等待。我莫名難以平靜，這裡散發出前所未見的家庭氣氛。最先開口的是西川。她談起學校，談起前陣子的文化祭。大家的舌頭終於動起來，慢慢開始聊上幾句。成島爸爸把話題拋向我們每個人。我感覺得到他作為一個父親，為了不讓女兒的朋友感到任何一點無聊，付出超乎平常的心力。

但無論等多久，成島都沒回來。

成島爸爸一直試著擠出話題，拚命到讓人不忍卒睹的地步，但再怎麼掩飾尷尬或沉默也還是有極限。

我跟春太面面相覷。西川跟成島爸爸已經垂下了頭，如同跑到終點而筋精疲力盡的賽跑選手一般。西川沮喪程度特別嚴重。

「我沒有告訴美代我們今天要來。」

果然。我跟春太都浮現心神領會的表情。西川緊緊閉著眼睛，顫抖地說：

「……這是整人計畫哦。開玩笑的。」

根本笑不出來。

「不，是不敢直接告訴美代子的我們不好。」

成島爸爸連忙緩頰，但西川依舊帶著黯淡的表情搖頭。

「一直都是我不好。我是個薄情的人，我的友情比一片生火腿還薄。」

「妳沒必要道歉。」成島爸爸語氣溫和，甚至對我們深深低頭道歉：「你們難得來一趟，真是不好意思。」

我跟春太像是被水打濕的狗一樣頻頻搖頭。

「不會不會不會不會。」

我們兩人都不禁畏縮起來，思考起接下來該怎麼辦。這時，玄關方向傳來聲響。所有人都轉過頭去。好似恐怖電影的橋段一般，客廳門發出「吱呀」一聲，靜靜敞開。

出現的不是貞子，而是成島。

總覺得好可怕。

西川從沙發上探出身子。「那個……」

「你們好。」

成島面無表情地說出這句話，表現出拒絕之意，一步也不肯離開門邊。成島媽媽比較晚進門。嬌小的伯母看起來比伯父年輕一輪，但臉上疲憊不已。即便如此，她仍沒忘記對我們露出笑容，綁緊圍裙，迅速走向廚房。

「麻煩妳現在馬上去做飯。」

成島用命令語氣對著伯母的背影說。如果針對我跟春太就算了，她連對伯父也露出輕蔑的目光。

「美代——」

西川呼喚她，而成島一副突然感到作嘔似地轉過身，獨自跑上樓梯。

「回家算了。」

我朝輕聲嘀咕的春太小腿一踢。

早知道就回家算了……這或許還比較好。大家努力想炒熱氣氛，但成島最多就是應聲，她到最後都沒主動講過一句話。這也沒辦法，但我看到成島父母要同時顧慮女兒跟她朋友，以及西川想哭卻不能哭，努力維持臉上笑容的模樣，難受的心情油然而生。

「我吃飽了。」

成島毫不猶豫地拉開椅子站起身，引來所有人訝異的目光。時間接著再度運轉，因爲成島帶著嘆息的一句話：

「要到我房間喝杯茶再走嗎？」

「咦？」西川發出疑問。

「要不要到我房間喝杯茶再走？」她重複。

西川連連點頭，伯母馬上準備泡咖啡。伯父好像鬆口氣，肩膀放鬆下來。

「我們也可以去嗎？」

春太吃了三碗燉牛肉，很痛苦地抱著肚子。

他是唯一能逗成島媽媽開心，男人中的男人。

「可以啊，沒差。」

成島端起放咖啡杯的托盤，我們於是前往二樓的房間。

「……對不起，這樣給妳麻煩了吧。」

一面爬樓梯，西川一面用孱弱的聲音說。

「不擾人才怪。」

成島扔下這句話就走進房間。

「喝完就回去吧。」

她把托盤粗魯地放到小巧的玻璃桌上。咖啡四濺。我看著垂首坐下的西川，一股火氣自然湧起。

「妳知道嗎？春太曾經在咖啡店看完魔夜峰央全套八十三集的《妙殿下》，花了五個小時才喝完飲料。他還會跳起奇怪的舞。」

「麻煩用五分鐘喝完。」

我扭過頭。

「春太，她要你五分鐘喝完。」

我對他這麼說。

春太靜靜望著牆邊的木櫃。探索女生房間的男生最低級了，但春太沒有這種噁心的下流感。唯獨他一人平靜的身影，讓我總算冷靜下來，有餘裕環顧四周。

春太興味盎然地觀察著一座有玻璃門的櫃子。裡頭擺滿像玩具的小玩意，也有造型複雜的智慧環、在學校見慣的魔術方塊等等。牆壁上也掛著裱框的畫。

「這是什麼……」我靠過去問。

「這是個小博物館吧。我有賺到的感覺。」春太笑逐顏開。

「什麼博物館？」

「這全是益智遊戲，也蒐羅了古典名作。」春太依序指給我看。「趕出地球圖形消失遊戲、第五隻豬摺紙遊戲、珠璣妙算、河內塔、十五數字推盤、華容道、七巧板，牆上掛的也全是錯覺畫。」

「哦。」成島顯現出興趣，她對春太的說詞並不反感。我跟西川都嚇一跳。春太接著轉身看著成島：

「不過我不認爲是妳收集的。」

「爲什麼？」

春太指著玻璃門後方的四本書。書名是《益智遊戲之王》。

「這是益智遊戲愛好者的聖經。作者杜德耐（Henry Ernest Dudeney）在九歲時顯出才能，他是英國孕育出的最強益智遊戲玩家。唯有這套書不是收藏在書桌旁的書櫃裡，但我也不覺得妳平時會翻閱。」

春太說了聲「妳看」，指向牆上的一幅畫。我仔細一看，發現那是一幅像小學生畫的稚拙圖畫，上頭用英文字簽著NARUSHIMA．SATOSHI（成島聰）。

「這全都是妳弟弟留下的東西吧。」

聽得到成島默默倒抽一口氣的氣息。春太觸及了我們顧慮著不敢碰觸的話題。

「……所以呢？」成島的聲音低了一階。

「所以很了不起。」

「啊？」

「或許妳弟弟憧憬著在同世代就已經遠近馳名的天才少年杜德耐。才能這種東西會超越時空，讓人受到感化並繼承下去。看，你弟弟自己創作的作品上全都有簽名。在貪玩的年紀，如此爲益智遊戲傾倒是很値得讚嘆的。畢竟就算他身患重病，身旁還是有電視遊戲或漫畫的誘惑。」

「……你想說什麼？」

成島的聲音中帶著怒意。一旁的西川坐立不安，我也拉拉春太的袖子。但春太神態從容，一點也沒有動搖。

「這些是你弟弟留下的智慧結晶，是你弟弟到世上走過一遭的寶貴證明。益智遊戲不是裝飾品。妳是否有理解到弟弟的遺志，好好把玩、解開這些益智遊戲呢？」

刹那間，成島露出畏縮的表情。

春太觀察她的神色，繼續說：

「我想也是。而且現在的妳還做不到。做得到才怪。」

這是在爲剛才的西川回擊。成島臉色一沉。

「要我說出理由嗎？這是因爲妳現在正靠自己一個人扛著無法解決的問題。爲了留下來的妳，妳的父母在這一年間努力想找回失去的事物，西川也是。這或許是雞婆，但她眞的很擔心妳跟妳的家人。痛苦的並不是只有妳一個。」

我屏息注視著他們。

成島的喉頭發出一聲輕響。隱然可見她那長久悶燒的火焰，一下子熊熊燃燒的激情。

「……你們又做得到什麼？」她呻吟似地說。

「我把這個問題還給妳。妳希望我們做什麼？」

成島閉口不語。

「我說啊，我們這些高中生能力很有限。我想想哦，如果是這間房裡的益智遊戲，我們可以幫忙解開。若有妳的能力無法處理的問題，我們三人會趕過來陪妳一起傷腦筋。至少不再只有妳一個人，會爲這間房裡的益智遊戲而煩惱。這是我們確切的保證。」

沉重的沉默降臨。

「出去。」成島拋下這句話。

春太不知對誰深深低下頭，說了句「對不起」，然後哼著口哨，獨自一人按住肚子離開房間。

「上条！」西川探出身子大喊。

我連忙來到走廊，注視著春太的背影。做爲請吃一頓飯的回報，這實在很過分，但我莫名發不出脾氣。因爲直到最後，春太都沒朝成島重要的弟弟遺物隨便出手。

最後，我跟西川決定跟春太一起回去。

成島的父母把我們送到門外。眞是不好意思、她其實是好孩子、請你們再來找她玩。那兩人不斷不斷擠出的殷切聲音讓我滿心難受。鄭重婉拒伯父送我們到公車站的提議後，我們離開成島家。

我們穿過昏暗的住宅區，走向公車站。

「我聽過美代在全國大會的雙簧管演奏。」西川低語。

「妳也在場嗎？」

春太驚訝地問，西川搖頭。

「我聽過錄音。聽說伯父伯母受到弟弟聽的請託，要他們兩人當天不用待在醫院，希望他們在會場關心姊姊登上舞臺，並且幫他錄音，否則會埋怨他們一輩子。所以他們才努力弄到票……」

「原來是這樣。」

「在這件事裡，沒有任何人有錯。」春太說。「不過是不幸的巧合碰巧撞在一起，沒有任何一個人有錯。」

「可是——」事情就發生在我說到一半的時候。

背後傳來追趕的腳步聲，我們三人同時回頭。跑過來的人影不久就變成熟悉的輪廓，然後停下腳步。那個人長髮散亂，氣喘吁吁。

她是成島。

「美代……」西川雙手掩住嘴。

成島站到春太眼前，將手裡的東西用力往春太胸口一塞。

「聽留給我的益智玩具中，唯有這個怎麼樣都解不開。」

她冒失地說。

春太目不轉睛地望著接過的東西。在黑暗中，我依稀看出那是個魔術方塊。什麼嘛，很簡單呀。春太，十五秒就完成給她看，讓她無話可說吧。

「……這個轉亂過了嗎？」春太的目光變得銳利。

「聽說轉過了。」成島說得無精打采。

「完成的型態是？」

「聽沒告訴我。」

在兩人不自然的對話停頓間，我跟西川終於察覺事態有異。成島也輪流看著我們，她用帶著挑戰性和些許輕蔑的聲音說：

「你們就試著解解看啊。」

「等一下，期限到什麼時候？」春太聽起來很著急。

「星期五放學後。這樣夠了吧？」

春太深思一段時間。欸，你是怎麼回事啊？春太。

「我試試看。」

春太答得艱難，成島滿足地哼一聲。她不理會西川的制止，順著來路回去了。

「等一下，春太，那是魔術方塊吧？爲什麼不當場幫她完成？」

春太默默走到街燈旁。

當他將魔術方塊放到燈光下，我跟西川都發出「怎麼會這樣」的叫喊！

——六面全白的魔術方塊。

這就是成島家無法解決的問題，化爲不合理的益智遊戲被交到我們手中的瞬間。

4

第一天，星期一。由春太挑戰。

第五節課結束的鐘聲一響，放鬆下來的喧鬧聲就在教室湧現，簡短的一日總結時間跟偷懶的掃除匆促結束，大家期待的放學時間到了。

教室中，春太在幾個男生的包圍之下不斷轉動全白魔術方塊。他果敢挑戰靠邏輯思考絕對無法解開的魔術方塊。

「那要怎麼樣才算完成啊。」一個男生開玩笑道。

揶揄的味道到放學已經淡去許多，但今天類似的話語不停提起。

「不過……你爲什麼要戴手套？」

另一個男生的聲音響起，這問題也不斷重複。我聽到春太回答「這樣比較好轉」的聲音。但其實是他不希望手上的油脂跟汗水弄髒重要的遺物。

我看向手表。快到社團時間了。要是不管春太，他好像會一直轉個不停，因此我思考要不要硬把他拉過去。就在這個時候。

「穗村、穗村。」

我轉向走廊上傳來的呼喚來源，西川在窗邊招手。我穿過桌子靠近她。

「狀況如何呢？」

「連春太都有困難。不過今天才第一天。」

「我上課的時候一直在想一件事。」

西川似乎很想走進教室，於是我把她領到春太的桌子旁。

「……上条，會不會其實有六種白色？」

聽到西川的聲音，春太轉動魔術方塊的手停住了。圍著春太的那群男生視線望過來。因爲隔壁班的女生突然走進來，他們心生緊張。

「像是白色、稍淺的灰色、淺灰色之類的。」

眞的假的？那群男生一陣騷動，凝神細看魔術方塊。

「白色就是白色。」春太說。「白色就算稍微混進一點其他顏色，就不再是白色。去文具店看看顏料或是彩色筆專區就會明白了。」

但西川仍未喪氣。「那重點一定是聲音。例如根據轉動方向不同，發出『喀喀』、『答答』或是『滴滴』聲……」

真的假的？那群男生又一陣騷動，豎耳傾聽魔術方塊。

這些傢伙全都可以進入哪家劇團。

春太像在轉動保險箱的轉盤，一列一列依序轉動。我也沉默地將臉湊過去。聲音……沒有變化。就只是普通的魔術方塊。

「對不起。」西川意志消沉。

「不用在意，大家一起多想幾個主意吧。」春太脫下手套，準備參加社團活動。

「上条，你明天也要繼續嗎？」一個男生問。

「是啊。接下來還會嘗試一陣子，你們可以幫忙加油嗎？」

聽到春太意味深長的回答，那群男生看了彼此一眼。

「好像很有趣。」

第二天，星期二。由我挑戰。

早上的導師時間前，我在座位上轉動全白魔術方塊，那群男生的聲音響起。

「什麼嘛，換穗村了。」

先前就決定好按照春太、我跟西川的順序挑戰。不能全推給春太一個人，而今天輪到我。「欸，千夏，那是什麼？」昨天就算有興趣，也被男生築成的人牆阻擋而無法靠近的班上女生聚集過來。我也學春太戴上手套，重複同樣的回答。在眾人的關注之下，我踏實慎重地轉動。若有春太沒注意的事，身爲纖細少女的我說不定會注意到。

我暗自嘆氣。倚賴的最後希望——草壁老師從昨天開始出差，現在不在校內，他這一個星期都不會回來。碰到連春太也感到棘手的問題時，我常常找草壁老師商量。這次不能隨便拜託他，不過一個星期都見不到面還是很寂寞。

放學後，我像是護蛋的親鳥一樣抱著魔術方塊趴在桌上，耳中傳入一句「我有大發現」的開朗宣言。

我愣愣地抬起模糊的視線，西川站在教室裡。

「我從美術社那裡聽說，白色在油畫的世界中也有很多種類，像銀白、鋅白、鈦白、正白。」

「意思是說繪材不同啊。」

聽到春太的聲音，我轉過頭。他托腮坐在一旁的座位上。

「上条，你覺得怎麼樣？」

「我認爲這是很好的著眼點，因爲成島父母的其中一方興趣是畫油畫，成島家有一整套油畫顏料。」

我吃了一驚。「你怎麼知道？」

「造訪成島家的時候，不是有幾幅畫在陽台風乾嗎？」

我想起來了。那些都是漂亮又技巧高明的畫。

「油畫跟水彩畫不一樣，一定得風乾才行。」

「那麼——」西川的聲音中飽含期待。

「妳答對了，這個白色魔術方塊上用了油畫顏料。看，一般會在方塊上貼保護用的透明貼紙，但這個沒有。油畫顏料會用到乾性油，表面會形成油膜，可以充當保護膜。而且跟水彩顏料或麥克筆不一樣，顏色不容易掉。也就是說，這有合理的理由這麼做。」

「太好了、太好了！」西川很開心地小步蹦跳。

但春太苦思。「假設一個方塊是正白好了，也只是繪材不同，不是顏色不同。」

「有什麼關係，不就是繪材不同嗎？」我反駁。

說出口的同時，我腦海忽然掠過「惠財是什麼？」的疑問，但算了，忽略之後再查字典就好。

「要怎麼分辨不同的繪材？難道要用昂貴的分析儀器嗎？」

我閉上嘴。真抱歉，我是個笨蛋。

「……明天我會努力。」

西川消沉不已地說，正當她想從桌上拿起魔術方塊，春太制止住她。

「小千，再瑣碎的細節都沒關係，妳有沒有發現什麼？」

他注視著我，那雙眼睛裡充滿對我的信任。我沒什麼自信，不過有件事我一直很在意。我猶豫著要不要說。

「我說啊，這上面沒有聽的簽名呢。」

春太跟西川出現反應前，隔了約兩次的呼吸停頓空檔。

「——簽名？」

第三天，星期三。由西川挑戰。

西川每節下課都會在校舍徘徊，尋找轉全白魔術方塊的地點，因爲教室裡有成島。不久，抱著魔術方塊淚汪汪地四處奔跑的一年級女生傳聞，在放學後傳遍校園。

我跟春太找到西川時，她茫然地跪在體育館的舞臺後方，身旁散落著七零八落的魔術方塊。

「喂，妳怎麼了？」

我連忙跑過去，搖晃西川的肩膀。西川仍在發楞。

「穗村同學……」

「難道有人破壞了魔術方塊嗎？」

春太蹲下，捏起一個小方塊。「哦，做得眞徹底。」他嘀咕。

「……這是我分解的。」

「咦？」

「我想找出聽的簽名。」

「咦、咦？」

剛才起，春太就默默觀察著每一個小方塊。西川忍耐想哭的衝動般地摀著嘴。

「我想著美代會不會是塞給我們一道絕對解不開的難題……想著我是不是真的被討厭到這種程度……想到這裡，眼淚就再也停不下來。」

「所見之處都沒有簽名吧。」

春太抬起頭說。西川點頭。

「……仔細想想，美代哪可能輕易把聰重要的遺物寄放在我們這邊。」

我啞口無言，幾乎全身失去力氣。「這只是成島的整人花招嗎？」

西川垂著頭不說話。沉重的沉默包圍我們三人。

「成島是這麼狡猾的人嗎？」

春太嘀咕，接著拼起小方塊。我跟西川也回過神，將四散的方塊聚集在雙手中。

我注視著經由三個人的手再度恢復原狀的魔術方塊。方塊本身沒有任何機關。

「只剩兩天了。」西川輕聲說。

「還有兩天嘛。」我說得逞強。

「我會想辦法的。」春太嘆息。

第四天，星期四。春太再次挑戰。

——回到開頭的場面。

放學後，春太坐在中庭通往正門道路邊的長椅上。他戴著手套，呼著白氣，默默轉動白色的魔術方塊。放學途中的學生不時出聲說「加油哦」，也有人傻眼地說「你還在試啊」。每逢此時，春太都會回以無力的笑容，接著他空洞的目光會回到就連是否有完成形都不知道的白色魔術方塊上。

我跟西川在稍遠處關注。

大家一起努力過了，可是到今天都沒有任何成果。連前進一步的點子都想不到，已經無計可施，最後還是演變成推到春太一個人身上的局面。

期限就在明天。

春太苦著臉，我還是第一次看到他這麼煩惱，西川也變得相當寡言。我不想繼續看到這兩人痛苦的模樣了。我去向成島道歉吧，如果只有我一個人，無論被多麼冷淡對待都沒關係——事情就發生在我下定決心的時候。

我察覺有人從背後靠近。

「哦，看來傳聞是真的。」

悠哉的聲音響起。咦？難道說……我回過頭，穿深灰色西裝的老師提著公事包，站在後頭。他調正黑框眼鏡的位置，望向春太。

「出差提早結束，所以我回來了。」

「老師……」抬頭看的我眼頭發熱。

「我回來了。」

草壁老師就像是帶來救贖的神。

在學校頂樓，我們三人沐浴在帶著暗紅光芒的陽光中，並肩坐在水泥塊上。春太從剛才就緊張得全身僵硬。通往校舍內的鐵門敞開，草壁老師走出來。

「抱歉讓你們久等了。」

草壁老師將懷中暖呼呼的罐裝咖啡遞給我們。「謝謝老師。」我跟西川都拉開拉環，啜飲甜膩的咖啡。春太著迷似凝視著草壁老師，耳尖都發紅了。那是身陷情網中的少年眼神。他沒打開來喝，而是喜孜孜地放進制服口袋，看來他打算回家再珍惜地享用。不對，說不定他是打算珍藏到永遠。糟，我不小心看到了根本不想看的景象。

草壁老師靠著鐵欄杆，觀察全白的魔術方塊。嘀咕了句「原來如此」後說：

「這是禪修問答的世界呢。」

「禪……？」西川的嘴唇離開罐子問道。

「就是禪僧為尋求悟道而進行的問答，也稱為公案。簡單來說就像猜謎或腦筋急轉彎，不過可別小看它，內容全是些靠邏輯思考或知識絕對解不開的難題怪問。」

我們三人面面相覷。

「碰到找不到答案的難題怪問時，就會明白至今為止的經驗、理論跟知識是多麼無力空虛。雖然期間短暫，不過你們也體會到了吧？面對這樣的現實，就是禪修問答的存在意義。」草壁老師舉起手中的魔術方塊給我們看。

「……老師，這沒有解答嗎？」

西川不安地開口，草壁老師靜靜搖頭。

「每個人情況不同，說不定有人會煩惱好幾年，不過一直思考下去，總有一天會找到打破邏輯高牆的答案，這就叫頓悟。也就是說，這個白色魔術方塊的解答，接下來要由你們自己創造。」

由我們自己創造……

此時，春太以痛苦的語氣喊了聲「老師」。春太跟草壁老師說話時，用詞就會變得恭謹。「老師您說這是問答，如果沒有出題者來認可答案，問答就不成立；可是這個魔術方塊的設計者已經不在人世了。」

「也對。」草壁老師閉上眼，用一段時間稍作思索。「假如這個魔術方塊的設計者效法禪修問答的思考方式，並且領悟到對方完成時自己早不在人世——那麼他或許會爲了對方，將告知完成形正確無誤的證明留在某處。」

「您覺得是留在這個魔術方塊裡嗎？」春太探出身子。

「只要你們抵達正確答案，那個證明就會自動現身吧。找尋的過程，就是益智遊戲的本質。」

我深吸一口氣。我並未完全理解草壁老師的意思，但好像有點進展了。碰到沒有答案的難題時，自己創造出答案即可。這四天並非白費。

就是爲了踏出一步，才要經歷這四天……

風吹過頂樓，草壁老師好像注意到什麼而轉過頭。西川的視線也黏在校舍的鐵門上。

「……美代。」

成島披散著隨風飄動的長髮站在那裡。她對草壁老師的存在感到困惑，有一瞬間露出訝異的表情，即便如此她還是以不在乎的動作用力關上門，朝我們走過來。

停步的成島一瞥草壁老師，兩人之間好像另有關係。成島很快就別開視線。

「傳聞已經傳遍全校了。」

她朝白色魔術方塊一看，扔下這句話。

「因爲大家都在聲援我們。」

春太溫和地說，成島聞言便像咬到黃蓮般嘴角一歪。

「那麼，在大家的聲援之下，有完成的希望嗎？」

聽到她這麼說，春太閉上嘴，我跟西川也默默低下頭。

「放棄如何？」成島用金屬般冰冷的聲音說。

「什麼？」我驚訝道。

「乾脆放棄如何？」成島重複。「別想了，拼不好的。那是絕對解不開的魔術方塊，是聽留給我的懲罰。」

「懲罰？」春太愕然。「解不開的益智遊戲不算益智遊戲。我不認爲敬愛杜德耐的人會留下這麼不合理的東西。」

成島用銳利的眼神看向春太。

「這麼說來，你在我的房間說過，爲什麼在貪玩的年紀，聽還能熱衷於益智遊戲，對吧？那孩子在學校受到欺負。他生的是腦部疾病，別人說他腦子有問題，所以一直遭到嚴重的欺負。他的自尊心跟心靈的支柱就是益智遊戲。挑戰那孩子創作的益智遊戲是我的日課，持續了很長一段時間。」

「……直到國中進入管樂社爲止？」

「對，他肯定覺得被我拋棄了。可我也沒辦法。」成島痛苦地說：「因爲眞的很開心。我也想要一個像聰一樣投入、熱中的事物啊。」

我跟西川都說不出話。

成島的視線停在草壁老師手中的魔術方塊。她帶著有萬般思緒的眼神注視良久。

「聰想讓我苦惱。他不肯原諒交了新朋友、忙於社團、每天都無法陪他玩的我，所以才留下這種不合理的東西。沒必要連你們都跟著苦惱。」

她以從內心深處吐出的心情說完，走向草壁老師。

「老師，請還給我。」

「不行。」春太出聲阻止。「草壁老師，請不要還給她。」

「你什麼意思？」

「還剩一天。」

「不可能，絕對做不到。」

「怎麼可能做不到。」

成島惡狠狠地瞪著春太。「你就這麼想讓我加入管樂社嗎？」

「這跟那是兩回事。」

春太沒被她的氣勢壓倒，反而如此回答，成島表情一僵，接著轉過身。我以爲她會就此離開頂樓，但我錯了。她無力地停下腳步，依然背對著我們，用蚊鳴似的聲音不知是對誰說：

「……我不加入管樂社，還有別的理由。」

春太聽到這句意料之外的話語，「咦」了一聲。

「已經沒有會幫我做簧片（註）的人了。去年爲止，還有親戚會幫我做，但調職到國外了。」

「我可以幫妳介紹。」

草壁老師首度開口。成島轉過頭。

「我以前待的樂團朋友中有雙簧管演奏者。那個人就住在鄰鎮，只要妳願意，我就將妳介紹給他。」

成島畏縮了，她再次轉身，這次沒停步。鐵門砰的一聲關上的聲音在頂樓響起。

西川起身面向草壁老師。

「老師，你早就認識美代了嗎？」

「是的。」草壁老師露出有些難爲情的淘氣笑容。「其實比起上条同學，我更早盯上她。」

我跟春太都愣愣地抬頭看他。

「當時被她婉拒了，不過看來她給了你們機會。」

草壁老師將魔術方塊交給春太。我跟西川靠近用雙手接下來的春太，然後三人一起看著全白的魔方。

「唉，明天能完成嗎？」

我的個性中仍有軟弱的一面。

「穗村同學也要試著煩惱到最後一刻。」

「請問，老師難道知道答案了嗎？」

西川抬起頭問。

「我有個想法。不過由我回答眞的好嗎？」

春太搖頭。我也有一樣的感覺。

草壁老師伸手搭著鐵欄杆。望向遠方的老師似乎在回憶著什麼，他的左手有深深的傷痕。夕陽照到眼睛，我們都不斷眨眼。

「你們往後將體驗到的世界很美麗，但同時會面臨各種問題，世界上充滿著沒道理的事。我覺得成島同學不用勉強回到管樂的世界也無妨。不過假如有人能爲她創造從停滯之處踏出一步的契機，我認爲，那不該是我，而是同世代、擁有相同視野的你們的職責。」

註：雙簧管的吹口。

5

期限中的星期五放學時刻終於到來。

我、春太、西川，再加上成島，四人聚集在校舍一樓的空教室。這是一間空蕩蕩的教室，桌子推到兩邊，唯有幾張椅子放在正中央。隔壁的實驗室飄來帶有藥品臭味的空氣。不知何處傳來了鋼琴聲。我跟西川都緊張地站起來。

「快點開始啊。」

坐在椅子上的成島用焦躁的聲音催促。與她對峙的春太靠著講桌，手裡拿著全白的魔術方塊一句話也不說。他好像嚴重睡眠不足，眼睛滿是血絲。

教室的拉門開了。

「抱歉我遲到了。也讓我當觀眾吧。」

草壁老師走進來。他將椅子搬到教室角落坐下並從旁關注我們。

「那我要開始了。」

春太終於開始動作。

「首先，我想將一件事當成前提——我現在拿的魔術方塊並非完成形。這個魔方六面全白，而且已被轉亂，一切由此開始。」

確認成島點頭後，春太轉動一次手中的魔術方塊。

「妳看得出跟剛才的差別嗎?白、白、白、白……一點差異都沒有。這個魔術方塊無論往哪個方向轉,都無法脫離最初的轉亂狀態。」

我跟西川屏息以待。成島一副想說「那種事我早就知道了」似,冰冷地盯著春太。

「我覺得很奇妙,妳弟弟爲何沒提示過這個魔術方塊的完成形是什麼,但這是因爲——根本不需要提示,再怎麼轉都不會改變。妳弟弟要的是脫離最初的轉亂狀態,並且前進到下一個階段,就算只有一步也好。做到這一點時,才能解開魔術方塊的謎題。」

成島別開視線。

「……哪可能做得到。」

好似吐出詛咒一般,她低聲說。

「沒錯,這個魔術方塊具有光靠邏輯思考絕對無法解開的矛盾與不合理之處。即便如此,妳弟弟還是當成益智遊戲保存下來。我想,診斷出罹患兒童腦瘤的聰,他在成長過程中,漸漸發現這個世界是多麼沒道理;即使如此,他還是沒失去希望。他知道碰到無法解決的難題時,心靈要怎麼樣才會得到拯救。」

春太舉起全白的魔術方塊給她看。

「那就是,走進打破邏輯高牆的頓悟世界。他想透過這個魔術方塊向妳傳達這一點。不過就算一句話可以打破邏輯之牆,尋找過程也是件難事。即便是得道高僧,一個不好也可能會花上幾年或幾十年。誰都沒有權利爲此剝奪妳寶貴的青春時代,知道妳當時全副心神投入於管樂,你弟弟也不希望帶給妳困擾。所以爲了妳,他在這個魔術方塊上做了不用花時間就能解開的機關。」

我默默傾聽，手中滲出汗水。他眞的要做那件事嗎……西川知道接下來會發生什麼，同樣顯得心神不寧。

春太拿起事先藏在講桌下的運動肩包，在成島面前的椅子坐下。他悠然翹起腿，與神情始終僵硬的成島面對面。

「先換個話題。『哥帝爾斯之結』（Gordian Knot）是亞歷山大大帝留下的西元前傳說。在一個小亞細亞的古代國家，有位貧農出身的國王叫做哥帝爾斯，他在神殿祭祀自己的牛車，並用綁得複雜難解的繩子將牛車捆住。他留下一個傳說，那就是解開這個繩結的人就成爲亞細亞的支配者。此後各國的強者跟智者使出所有手段，拚命想解開繩子，但長久以來無論如何都解不開。」

草壁老師一直保持沉默，此刻的他表情好像稍微改變了。春太繼續說：

「……時光飛逝，解開哥帝爾斯之結的人終於現身，那就是亞歷山大大帝。妳猜他做了什麼？他竟然在眾多士兵面前，用繫在腰間的劍斬斷繩結。」

成島睜大眼睛，而春太加強語氣：

「無法解決的難題，要用非常手段解決。那就是妳弟弟留下的訊息。妳弟弟大概早已領悟來日無多，而且，他也想到被留下來的妳會多麼頹喪、悲傷。妳弟弟相信妳在雙簧管上的才能，所以才將這份心意傾注在這個白色魔術方塊中，告訴妳無論他發生什麼事，妳都不能停下腳步，必須繼續前進。」

春太拉開放在地上的運動包拉鍊。裡頭放著調色盤、六種油畫顏料跟六支筆。

成島一驚。

「——拜託妳們兩個了。」

看到春太的信號，我緊抓住成島的右臂，西川則抓住成島的左臂。

「做、做什麼！」成島一陣驚慌。

「對不起，美代。」抓著她的西川道歉。

成島試著甩開，但我們兩人把體重壓上去，她動彈不得。

「只要三分鐘就會結束，麻煩妳們努力到那個時候。」

春太將白、藍、紅、橘、綠、黃的顏料擠到調色盤上，再倒入乾性油。看到這一幕，成島臉上血色全失。那是理解到接下來會發生什麼事的表情。

「——住手！」

無視成島的叫聲，春太像精密儀器一樣揮動著筆，在每一個小方塊上將顏色薄薄塗開。他動作好快，塗完一面就扔下筆，著手塗下一個顏色。

「不要、不要、求求妳們放開我！」

讓人想摀住耳朵的尖叫響徹教室。我跟西川都相信春太，緊抓住成島的兩臂。成島掙扎起來，用難以想像是女生會有的力量。她的反應是理所當然的，因爲弟弟的重要遺物，在別人手中逐漸改變模樣。

春太丟下筆。他露出全神貫注的眼神。已經塗完四面了。

「啊……」

我感到成島漸漸失去力氣。拚命抓住她的西川露出難受的表情。

喂，春太，這樣眞的好嗎？

「完成。」

春太說，成島跪倒在地。她茫然地望著被春太塗成六色的魔術方塊。

「……爲什麼這麼做？」

那是呻吟般的聲音。

「如何，心情爽快多了吧？」

只有春太一人心情爽快。成島搖頭，僵硬的神情表現出她無法認同。我也無法坦率接受這個結果。西川也咬著唇，滿心傷悲。我望向一次也沒有介入制止的草壁老師。他只是一臉憐憫地瞇起眼睛，沒起身離開椅子。

「妳跟妳的家人都受盡折磨了。夠了吧？」

春太平靜地說。

「……輪不到你來說。」

成島的聲音喪失了所有情感。

「我也不想說這種像在強迫妳的話；但如果我不說，妳身邊會有人對妳說嗎？」

「……吵死了。」

「只要願意退一步，妳家的問題就會解決。無論再怎麼難受，再怎麼痛苦，現在都是輪到妳忍耐的時候，否則所有人都會不幸。妳弟弟也不希望變成這樣。」

「……怎麼可能做得到。」

「妳往後也打算把不幸當成擋箭牌，這樣生活下去嗎？」

「……聽過世到現在還不到一年。」

「已經要一年了。」春太嚴厲地說。「長大成人後度過的一年，跟我們現在度過的一年是不一樣的。」

下一瞬間，成島撲向春太，狠狠甩他一個耳光，力道猛烈得要把嬌小的春太打飛。接著，成島又反手揮下，春太緊緊閉上眼睛，打中臉頰的尖銳聲響起。春太腳步踉蹌，宛如被打得暈頭轉向的拳擊手。即便如此，他還是沒放開魔術方塊。

耳光聲即將再度響起。

我從沒見過這麼狠的連環巴掌。

我跟西川都撲向成島的背後，而草壁老師準備從椅子上起身。

「不可以過來！」

春太高喊。他直盯著塗成六色的魔術方塊，好像在等待什麼。

「啊！」

西川發出聲音。我緊抓著成島的背不放，同時注視著春太手中的魔術方塊。我感受到成島倒抽一口氣，我也發不出聲。

我看見了魔法。

魔術方塊的小方塊開始龜裂，宛如花瓣飄落一般，顏色逐漸剝落。

顏色龜裂脫落的小方塊共有九處。

春太用指甲一摳，就將麻布做成的底層撕得乾乾淨淨。

下方寫著字。

「這是你弟弟留下的祝福。」

春太靈巧地轉動，把九個小方塊轉到同一面。他讓完成的那一面朝向成島。

成島奪過魔術方塊。她的唇瓣張闔，閱讀上頭的字。我痴痴地看著淚珠在她眼中成形，然後滑落臉頰，拖曳出一道淚痕靜靜落下，接著，彷彿長久以來堆積而成的堤防潰堤，她跪地痛哭。

我跟西川默默注視著她的身影。

「……成島沒問題嗎？」

「西川陪著她，不會有事的。」

我跟春太和草壁老師一起前往音樂教室。春太抱著運動包，兩頰上清楚留著似乎很痛的掌印。

「那是鋅白。」

春太說。

「在鋅白上重複塗油性塗料，它就會剝落。」

我想起來了。油畫的「白」分成不同的顏料，有很多種類。鋅白就是其中之一。

「那個魔術方塊如同草壁老師所說，屬於禪修問答的世界。我想成島的弟弟大概是以某一天爲分界，開始意識到死亡。死亡無論在什麼時代都是無法解決的難題。敬愛杜德耐、熱愛益智遊戲的成島弟弟不願屈服於這樣的難題，他構思出特別的白色魔術方塊。」

草壁老師催他說下去。

「白色魔術方塊的解法，在成島的弟弟心中只有一種。他必須先留下即便自己去世後，依然能證明這個答案的機關才行，所以他先在九個方塊上寫字，再貼上麻布，塗上鋅白使其凝固。此外，九個地方外的部分也貼上麻布，接著用銀白、鈦白還是正白塗色都沒差。如此一來，六面同爲白色、觸感相同的魔術方塊就完成了。」

「原來是這樣。」

心生敬佩的同時，我偷看草壁老師。他閉著眼睛，對春太這段話連連點頭。我不禁有種無可遏止的嫉妒。

「多虧西川跟小千給的提示。」

「咦？」

「鋅白是西川說到的，簽名則是妳告訴我的。」

這麼說來，我確實注意到那個魔術方塊上沒有成島弟弟的簽名……

「魔術方塊上能簽名的位置，我只想得到白色的下方。這成了我思考如何剝掉那層白色的契機，所以這是託妳的福。」

總覺得很難為情。謝謝你，我在心中對春太道謝。

「欸，所以上面有簽名嗎？」

「上頭確實有用小小的英文字簽下名字。」

「我說啊，」我提出刁難的問題，「假如春太用的是水性顏料，會發生什麼事？」

「顏色無法附著，塗不上去。」春太回答。「而且那是該在成島家完成的益智遊戲。」

原來如此，我想起在成島家陽台風乾的油畫畫布。那是伯父的興趣還是伯母的興趣呢，下次拜訪的時候問問看吧。

「……好啦，」草壁老師彷彿賣足關子，終於開口，「上条同學，差不多可以揭曉另一個祕密了吧？」

「您是指什麼？」春太大為動搖。

「要使油畫顏料剝落，必須等顏料乾燥。一般會花整整一天，不可能幾分鐘就結束。無論用成效再怎麼迅速的乾燥劑，都要花一小時。」

「啊！」我這才注意到。

「穗村同學，上条同學其實讓那間空教室的時間加速了。」

「這種事做得到嗎？」

「靠上条同學徹夜嘗試摸索出的方法。為了成島同學，以及一起努力到現在的妳們，他必須這麼做。」

「請問，」春太戰戰兢兢地抬起頭說，「難道老師早就發現了嗎？」

「大致猜到。比方說，穗村同學跟西川同學今天某段時間後就沒碰觸過魔方。」對哦。午休過後，我跟西川就一直把魔術方塊放在春太那邊。

「欸、欸，你做了什麼，春太？」

聽到我問個不停，春太投降似嘀咕：

「我事前就在上頭塗了一層白色顏料。六面全都塗了。」

我愣住了。

「上条同學知道何時才會剝落。就算說出正確答案，總不能讓成島同學等一個小時以上，也不能在那段期間一直挨連環巴掌，或被不停痛罵。」

「不好意思。」春太好像很想睡，忍住一個呵欠。

「拜此所賜，才能用最有效的方式提出答案。上条同學在那間教室裡的演說，以及穗村同學跟西川同學在這五天的辛勞，我覺得都確實傳達到成島同學心中了。」

面對這兩個人，我只能不斷驚嘆。但我還是不想輸給春太。

我們來到校舍間的連接走廊。在對面新校舍的四樓，可以看到音樂教室。大家都在那裡等著我們。

「成島接下來會怎麼做呢？」我輕聲說。

「這要由她自己決定。」春太回答。

現在我真心希望成島加入管樂社。我想跟她學很多東西，至於我能回報她什麼……我接下來會開始尋找。

「那個魔術方塊果然是要親手塗上六個顏色才是正確答案嗎？」

「成島的弟弟不就證明了嗎？」

「對了，他留下什麼話？我沒看到。」

「九個方塊上都各有一個字，是一句單純的祝福。」

春太仰望著彷彿會把人吸進去的冬日天空，告訴我那句話。

這就是正確答案　姊姊

我相信，這九個字會成爲喚醒春天，造訪她身邊的開端。

退出遊戲

「美好即醜惡，醜惡即美好。」

戲劇社社長借我的戲劇腳本中，有幾句莫名讓我印象深刻的句子。其中之一就是莎士比亞的悲劇《馬克白》裡，三名女巫同聲說出的這句台詞。

看著深思這句台詞的我，戲劇社社長用一句「女巫的價値觀跟我們不同」，將問題扔到一旁。「價値觀」這種高尚的詞彙跟那個社長的形象一點都不搭，不過他的回應在我心中揭示出一個眞理。

碰到討厭的事、痛苦的回憶、煩惱也想不出答案的時刻，我就會便宜行事地將問題拋到一旁。我一路走來都是如此。拋開問題這麼容易嗎？這麼懷疑的人，肯定不了解，也未嘗接觸過弱者吧。

黑孩子。

沒戶籍的孩子。日本人聽到都會嚇一跳。我成長的村莊常有鼻樑高聳的白人夫婦來訪，有時也有同志伴侶。他們會品頭論足般地望著我跟我的夥伴，牽著一個又一個人的手離開。你覺得很過分嗎？完全不是那回事。白人跟亞洲人不同，不會歧視有障礙的我跟我的同伴。我見過大家受到一視同仁的對待，狀甚幸福地跟「雙親」回去「故鄉」的景象。

因此，儘管我腳有問題，走路不方便，但「父母」還是前來迎接我跟他們一起回到「故鄉」美國。我想，我不過只是碰巧迷路闖進村子，而「父母」花了五年找我。

——這樣的幻想與想像，支持著我的精神世界。

我不需要當時的眞實記憶，也不需要知道那時候的名字。

之後的生活，無論裁下哪一段來看，我都覺得是被幸福包圍的。爸爸跟媽媽給我祝福，也給我家庭的溫暖。他們耐心治療我的腳，現在我已經過著毫無障礙的日常生活。此外，他們還給了我另一個巨大的喜悅。到美國沒多久時，我常常哼唱一段旋律。爸爸很驚訝，致使他開始教我吹薩克斯風。爸爸原本是職業薩克斯風演奏者，他熱情地告訴我，他的夢想是跟兒子一起演奏，而我這個做兒子的當然努力一番。很久以後，我才知道，當時我哼唱的旋律是肯尼．吉（Kenny G）的樂曲，我出生時，四處總是播放他的歌。但這件事我沒告訴爸爸。我不需要那時候的記憶，也不需要知道那時候的名字。

住在美國的第四年，爸爸由於工作因素，突然舉家搬到日本。

我在日本上學時，到小學畢業前都是讀國際學校，國中則讀一般學校。當時，欺負、偏見跟排擠的情況沒有我擔心得那麼嚴重，而在管樂社找到棲身之所的同時，我也交到好朋友，度過令人滿足的學校生活。

那件事，發生在我進入理想的高中時。我在等不及迎接新生活的某天晚上，觀賞了一個電視節目。那是一部紀錄片，描述一位與我有同樣境遇的人，長大後才知道自己有手足，前往尋親。電視上沒完沒了地播放著讓人思考起根源、身份認同的內容，但我完全無法信服。根源跟身份認同只能用血緣做爲衡量標準？眞是自以爲是。我深深感到憤慨。

然而，跟我一起看的爸媽都露出十分悲傷的表情。他們隔天好像下定決心，將一封信交給我。那是一封郵戳日期在半年前的信……

現在我依舊無法忘記，自己當時宛如血液逆流的感受。

那封信來自一個自稱是我弟弟的人。

弟弟？這會是我最好拋開的現實嗎？腦中警鈴大作。我不打算讀，只想把信撕破，卻被爸媽阻止，懇求我讀一讀再說。

信用英文寫成。

弟弟說他現在住中國蘇州。

內容還寫到和他一起住的「親生父母」、毫無匱乏的生活、學校情形、他在學薩克斯風，以及殷切盼望跟我見面的心意，也寫到希望我回去看一次「眞正的故鄉」。

我感到動搖。弟弟……？

我的視線數度掃過信件。弟弟是瞞著「親生父母」寄給我的。

這究竟是爲什麼？

此外，爸媽交給我一個小鋁箱。長年使用而傷痕累累的箱子上，鎖著密碼轉輪鎖。

四位數密碼是九〇八九。

裡面是孩子的衣物跟壞掉的玩具，據說這是我在村子裡唯一的私人物品。上頭寫著看起來像中文的文字。

我的雙腿打顫，冷汗冒出。才不是這樣，我說。口氣激動到連我自己都不知所措。

自稱弟弟的那個人事後又寄來好幾封信，但我讀都沒讀就直接撕掉。臥室角落的薩克斯風箱積滿灰塵。一想到跟「親生父母」住一起的弟弟也在學薩克斯風，一股難以忍受的心情便油然而生。

我根本不需要那時候的記憶，根本不需要知道那時候的名字……

支撐我到現在的事物……發出逐漸崩塌的聲音……

我更常獨自思考了。

原本一大堆事情想做的高中新生活，轉變成不知做什麼才好的龐大負擔。朋友離開了我，唯獨一個朋友始終沒有遠離。雖然高中後分到不同班，但他一直深深照顧我。

他讓本已廢社的戲劇社復活，還說「只當幽靈社員也沒關係」，半強迫我這個無事可做的回家社成員入社。他知道我不該待在戲劇社，也知道我對戲劇沒有半點興趣。但他還是要我入社，想必是想把我安置在自己目光所及之處吧。

我想在失去這個重要的朋友前找出答案：

我該向何方踏出一步？

我該選擇什麼，朝哪個方向前進？

我的「父母」是誰？「故鄉」又在哪？

然後，在找不到答案的情況下來到二月——

我倒楣地捲入戲劇社跟管樂社之間，一場以我爲中心的奇妙爭奪戰中。

1

我的名字是穗村千夏，高中一年級的多情少女。抱歉，亂講的。我現今處在熱烈的單戀中。不過還是希望大家關注我，請叫我需要關愛的女孩。

我現在正將長笛盒背在肩上，泫然欲泣地踩著沉重腳步走在商店街的拱廊中。這陣子，我結束管樂社的練習後，每週到長笛教室上三次課。秉持著對枯燥的練習不厭煩、不妥協的信條，我今天也度過被長笛老師到處挑毛病的一天。

我滿心沮喪。

我所屬的管樂社有十個成員。光是有「就算人數少也不會輸給其他學校的大規模管樂社」的熱情，還是有無論如何都做不到的事，聲部練習就是其中之一。社員不足是煩惱之源，以前的學長姊一直爲此所苦。

這狀況從我們這一屆開始出現改變。人數稀少這點沒變，但指導老師換人了。

草壁信二郎老師，二十六歲。

他在學生時代曾在東京國際音樂比賽的指揮部門得到第二名，眾人期待他成爲舉世聞名的指揮。我不知道他不惜捨棄這種亮眼經歷，到普通高中任職的理由，但唯有一件事我很清楚，他是我們管樂社的溫柔指導老師。

草壁老師在以前待過的樂團成員間有深厚人望，他運用這些人脈積極接觸校外，爲我們創造出跟各種團體或學校聯合演奏的機會。

平日基礎練習，而星期六共同練習的循環就此底定。星期日基本上放假，但自主到學校練習的社員很多。教務主任甚至感嘆，一個指導老師竟能造成這麼大的改變。不過這句話有點不對，因爲我們還在改變的途中。我們須仔細聆聽像草壁老師這樣的指導者提醒，成長到精準實踐老師所言的水準才行。

有機會參加與普門館常客的共同練習時，這種感受特別深刻。社員人數、各聲部配合無間的演奏、拍點的掌握、管樂的整體能力、合奏……我們無論哪一點都和別人有明顯差距，大家在回家路上總會變得寡言。

這時，成島這個具全國大賽水準的雙簧管演奏者，在去年底加入我們管樂社。她國中時代曾以二十三人的陣容在普門館出賽，以小搏大得到銀牌，擁有出眾實力。

她的入社帶給我們勇氣，決定將期待已久的雙簧管加入編制中，更嘗試有正式演出形式的合奏。樂曲則由草壁老師改編，幫我們寫成由少人數演奏的樂譜。

我斜眼望著鼓足幹勁的眾人，獨自陷入複雜的心境。我從高中才開始學長笛，會不會扯大家的後腿？這讓我不安。或許有人覺得我太晚才想到這問題，但我不希望因爲我一個人而讓成島失望。

所以，我想拜託草壁老師幫我上密集的個人課程，連我自己都覺得這是好主意。草壁老師曾是優秀到接獲來自國外留學邀請的指揮，再加上相當熟悉樂器知識與吹奏方式，節奏感跟音感也出色得讓成島頻頻點頭，他肯定馬上解決我的問題！

……我招了，我有一點點不良居心。

兩人在放學後的校舍獨處。草壁老師彈鋼琴伴奏，精神可嘉的我則吹著長笛努力跟上。這不是很可能成爲情人節事件的伏筆嗎？當成我努力至今的獎賞並不過份吧？

我這個微小的希望，遭到我幼年玩伴、法國號演奏者上条春太全力阻擋。

「我認爲穗村同學需要的不是草壁老師您的個人課程。」

首先是這句話。

「先換個環境跟指導者，再加強基礎會比較好。」

然後是第二句。

只見在音樂教室裡默默傾聽的草壁老師拿出手機。對哦，我都忘了老師有強大的人際網路。老師幫我跟經營長笛教室的朋友談妥，以一萬圓的破盤學費進行限期一個月課程，而且那一萬圓也由社費幫我負擔……我沒得抱怨。接著，春太緩緩從老師手中接過通話中的手機，用幾乎噴出口水的驚人氣勢說：

「我們認眞將普門館當成目標，請您用最嚴格的課程指導她！」

這是他的第三句話。然後，春太靜靜掛斷電話，他看起來很滿足地對我露出一口白牙。偷跑是不對的哦，春太的目光如此訴說。

當然，草壁老師離開音樂教室後，我踹了春太一腳。

哼。

結束了今天也同樣嚴格的課程，我沉浸在「比起吹笛子，是不是吹啤酒瓶還比較適合我」的自虐心情中，一邊踏上歸途。

星期六的五點半，商店街的拱廊街道上滿是購物後準備回家的親子檔，我也跟許多約會完，要回家的國高中生情侶擦身而過，不禁覺得有一點點寂寞。甜甜圈咖啡廳「蜜蜂咖啡廳」傳來剛炸好的甜甜圈與肉桂的好聞香氣。我忘記這份寂寥，朝店內張望。回想起這個月的零用錢已經見底，又轉身離開。肚子好餓，晚飯是什麼呢？我在心裡不斷嘀咕，在這句話快要搭上旋律變成歌的時候，我走到有寒風等著我的拱廊街外頭。

穿過兒童公園，走到看得見市民會館建築的地方時，我猛然停下腳步。

我看到戲劇社社員在市民會館的玄關跟貨車之間來來往往。他們靈活扛起比自己身體更大的薄木板或照明器材，模樣與工蟻拚命搬運食物的景象十分相似。

「喂——那個要放在這裡、這裡。」

嗯？這個聲音……

春太不知爲何夾雜在戲劇社社員之間。他急急忙忙地跑來跑去，又跳上貨車載貨台，「嘿咻」一聲接下戲服箱。

「啊，討厭，重得手都要斷了。」

咦？這個聲音是……

是成島。她那頭及腰長髮在背後紮成一束，身穿體育課的針織運動套裝，搬著紙箱。

我以爲這兩人練習結束就馬上回家了，現在是在做什麼？我馬上躲在一旁住商混合大樓的陰暗處觀察。這陣子，戲劇社接連舉辦了文化祭公演跟聖誕節公演，照理說這段期間都不會有公演才對。

眾人搬完東西後，搖搖晃晃地踩著疲憊不堪的步伐，消失在市民會館的玄關。

我很在意，決定尾隨在後。

自動門打開，我被舒適的空調暖氣包圍。雖然沒有郊外的文化會館那麼大，但這裡有多功能表演廳、會議室跟研習室。我猜大家八成是在小表演廳，於是往裡面走，路上看到一名男學生獨自坐在長椅上。

他穿著制服，將牛角扣大衣抱在腿上。我偶爾會在戲劇社的公演還有社辦中看到這個人，他那頭光澤亮麗的頭髮令人印象深刻，垂下的髮絲幾乎蓋住右半邊臉。

我跟他四目相交。他馬上別開視線，望向不知名的遠方。這麼說來，我沒看過這個人露出笑容或說話的模樣。

我直直穿過擺著成排觀葉植物的走廊，站在一扇雙開門前。裡頭傳來說話聲。我把門推出一條細縫偷看。

「──好，今天辛苦大家了。」

一道並非特別大聲，但十分響亮的聲音響起。戲劇社的社員在觀眾席圍成一圈，中心有個態度格外神氣的同年級學生出言慰勞眾人。

那是隔壁班的名越俊也。他讓本已廢社的戲劇社復活，現在擔任社長。換言之，這個社團全由一年級生構成，享受著隨心所欲的社團活動。

我不太會應付名越。去年四月，到處都在拉人入社的時期，我跟全身塗抹白粉、只穿一件紅色兜襠布，並於校內狂奔的名越在校舍的連接走廊上相撞。我一屁股跌坐在地，宛如缺氧的金魚，嘴巴張闔個不停；相反的，名越很鎮靜，他定定地注視著我的眼睛，起身朝我伸手。

我還以爲他肯定是要道歉，他卻說一句話：「妳加入戲劇社吧。」「啥？」我問。「看妳的表情，還有身體彈性，妳是十年難得一件的奇才——」話還沒說完，他就被生教組的老師架走了。「這是侵害表現自由啊啊啊啊！」這樣的叫聲響徹校舍。「抱歉，我們社長是笨蛋。」像是他手下的同年級學生接連出現，遞給我戲劇社的招人傳單。之後，穿著紅色兜襠布的名越開始用不同形態出現在我的惡夢中。

「——按照慣例，錄影反省會將在星期一放學後舉行。」

名越在表演廳觀眾席發出指示，接著拍拍手。

「那麼，善後工作交給我們就好，今天就此解散。大家辛苦了。」

社員重重吐出一口氣，零零散散地走向我在的門邊。我像忍者般迅速躲起，讓他們離開。觀眾席剩下名越、春太跟成島三人。春太跟成島重重倒在椅子上，顯得疲倦不堪。

「欸，春太、成島，你們在這裡做什麼？」

我穿過觀眾席走過去。名越看向我，他從頭到腳打量我一番。

「妳誰啊？」

「我是那個十年難得一見的奇才！」

我差點動手揪住他的衣領。

「……穗村千夏，跟我同屬管樂社的同班同學。」

春太疲憊地說完，名越用拳頭打了掌心一下。這傢伙每個肢體動作都好誇張。

「啊，我想起來了，就是在球技大會的排球比賽中，如魚得水般不斷接球的女生。拜妳所賜，我們班輸了。」

「我以前是排球社的。」我突然回神。「把你腦內的帶子繼續往回倒！」

「這反應眞不錯。」名越一臉佩服，手支在下顎上注視著我。「妳是五年難得一見的奇才，歡迎加入戲劇社。」

我乾脆無視名越，搖晃起成島的肩膀。

「欸、欸，爲什麼連成島也在這裡？」

成島跟春太一樣累得說不出話，眼鏡的位置完全歪了。爲了填補一年的空白，她平日參加晨練，假日則保持十小時的練習時間。在這種地方搬東西，要是弄痛手指怎麼辦？

此時，我感覺有人從我們背後靠近。

「我，也可以，回去了嗎？」

這是一道平靜的聲音，有著一句一句謹愼斷句的說話方式。我轉過頭，剛才坐在長椅上的男學生站在那裡。他的手腳修長，比我高出約一個頭。纖細寧靜的眼眸從他的劉海間露出。

名越凝視著他，露出好像想說什麼的表情。但他彷彿要按捺住這個念頭一般閉上嘴，還以認眞的神色。「對。抱歉，硬是拉你過來。」

對方輕輕揮手離去。

雙開門的閉門聲響起後，成島嘆口氣，發出一副快哭出來的聲音：

「……爲什麼馬倫不是在管樂社，而是在戲劇社？」

（馬倫？）我一愣，望向他離去的方向。

「小千，你不認識馬倫嗎？」春太倦怠的聲音接在後頭。

「……你說剛才那個人？」

「馬倫・清，中裔美國人。正確來說是清（名）・馬倫（姓）才對，不過他配合我們這些日本人調整了。」

我再次愣住，注視著春太跟成島。爲什麼這兩人要幫忙戲劇社打雜，而剛才成島那句話又有什麼含意……

（怎麼回事？）我用眼神詢問名越。

「咦？妳想聽詳情嗎？說來話長，背後有一段漫長又無聊得嚇人的故事。」

「那我不聽。」

「等等！」

名越抓住我的肩膀。搞什麼啊，這個人。

「啊姆啊姆（不好意思），啊姆啊姆啊姆（讓你破費了）！」

我在甜甜圈咖啡廳「蜜蜂咖啡廳」大口吃著肉桂甜甜圈，差點噎到時就用冰拿鐵灌下去。

「不用在意我的錢包。」

座位正對面，名越啜飲著奶茶。他修長的手指支撐著茶杯，不知道是不是隨時意識著旁人的目光，他的姿勢很漂亮。一起圍坐在桌邊的春太跟成島小口小口咬著甜甜圈。

「……長笛教室怎麼樣？」

見我總算緩口氣，成島開口問。

「老實講，很痛苦。」

我把吸管從玻璃杯抽出來，貼在唇上。最近只要看到管狀物，不管什麼都忍不住想吹。我的長笛教室課程是從長音開始練習，跟在老師的演奏後頭吹奏時，對我來講是最難熬的時間。學生也盡是技巧高明的社會人士，讓我很難為情，有時候甚至會接到嫌我礙事的眼神。

「指法練習跟和弦練習呢？」春太問。

「我已經養成在家裡嚴格練習的習慣了。」

「這樣啊。」成島把自己沒碰過的甜甜圈用紙巾包起，移到我的盤子裡。「管樂社裡都是溫柔的人，到長笛教室多受點傷，學會堅強面對人際關係比較好。」

「這麼說來，最近上条你們練習得很刻苦呢。」

名越加入對話。

「算是吧，因為兩個星期後要加入雙簧管，嘗試正式上場的合奏形式。順利的話就會增加曲目，在新生歡迎典禮上演奏。」

「曲目決定了嗎？」

「湯姆歷險記組曲。」

「哦。如果是那一類，我比較喜歡〈月河〉或〈美女與野獸〉呢。」

「節奏慢的曲子很難演奏。」成島帶著嘆息加入談話。「音調的抑揚跟發聲都不能馬虎，各聲部的配合也要費一番心思。」

「原來如此。」名越放下杯子。「只有十幾人的管樂團，演奏不了什麼華麗的樂曲；但若是爲了讓社員產生自信，最理像的是節奏快於平均水準、氣勢磅礡又簡單的樂曲。妳是這個意思吧。」

成島敬佩地看向名越。

「最重要的是，如果演奏成功，就會覺得自己進步了。」春太托著腮。

「對，覺得自己有進步的感覺非常重要。」成島說道。

「高中戲劇表演也是一樣。」

名越點頭，然後三人異口同聲地說：「眞的呢。」

吃到一半的甜甜圈從我口中掉下。我也得加入這段對話才行。此刻，我體會到在團體跳繩中，因爲害怕甩動的繩子而遲遲不敢進去的孩子心境。

成島拿起裝熱可可的杯子。「演奏的曲子是大家一起選出來的。」

「還有其他候補嗎？」名越問。

「奇克．柯瑞亞（Chick Corea）的〈西班牙〉跟〈北方森林〉。」

「〈西班牙〉是上条的喜好吧。不過用管樂演奏應該滿炫的。」

「但大家駁回了。」春太比往常更沒精神。

「〈北方森林〉是出於我的喜好。」成島說。

「這也被反對了嗎？」

成島靜靜搖頭。「因爲無法演奏。」

「無法演奏？反正都可以改編成少人數的版本吧。」

成島再次搖頭，注視著名越。

「〈北方森林〉前半的薩克斯風，無論如何都沒辦法刪除。」

我看著名越的表情暗下來。一陣沉默後，他發出黯然的輕聲嘆息。

「——穗村，妳明白了嗎？這兩個人想得到我們家的社員馬倫。」

「什麼叫想得到。」成島的聲調一沉。「請別用這種無視當事人人格的說法。」

在一旁聽的我跟春太縮起身子。對不起，過去我們曾有無視成島人格的一段時期，像跟蹤狂一樣纏著她，進了她的家門，甚至被請吃晚餐。

「不然還有哪種說法？」

名越直視成島。面對他眼睛眨也不眨、可稱爲凝視的注視方式，成島先別開視線。

我情不自禁地緊張起來。

「那個，」我插嘴道，「……成島跟馬倫是朋友嗎？」成島身上有股莫名的氣息讓我有這種感覺。

「朋友？這個嘛，國中時，我的學校跟現在一樣社員很少，所以夏天都會參加集合四、五個學校的聯合集訓。馬倫在那裡很引人注目。他的父親以前是薩克斯風演奏者，他也技術出眾，而且擅長跟旁人溝通。」

「擅長溝通？眞抽象。」名越一一幫我們倒茶。「麻煩用跟馬倫往來已久的我也聽得懂的方式說明。」

「他的日文不流暢，但會揀選精確的用詞慢慢講，所以反而比太多話的人更容易傳達想法。包括我在內，四周都是偏愛講理論或大道理的人，他的建議卻不可思議地會留在我們心中。」

「……這的確是他的優點。」名越深有所感。「然後呢？」

「然後？」春太重複他的話。

「你們到頭來就是想邀馬倫加入管樂社吧？」

「你這樣說……」

太直接了。春太說到一半，成島制止他。

「爲什麼馬倫不吹薩克斯風了？剛才他還無視我。他發生了什麼事？」

「我又不是他的心理諮商師。」

「你不是說跟他往來已久嗎？」

我注視著瀕臨發火的成島，名越也睜大眼睛。

「難道妳對他有什麼特別的感情嗎？」

「你在亂說什麼。」

「像是喜歡上他之類的。」

「咦，真的假的？」我兩眼放光。

成島太過安靜，名越跟我都漸漸害怕起來。

「雙簧管總是依戀著薩克斯風。」

春太開口，掃去讓人如坐針氈的沉默。

「法國號也一樣。要是負責高音域旋律的小號跟薩克斯風表現不好，負責自然音的雙簧管跟法國號就無法發揮。成島國中管樂社遇到的困境就在此，我們管樂社現在的問題點也在這裡。」

「也就是說，這是雙簧管與法國號的熱情邀約啊。」名越朝成島一瞥。他的眼神在說，好吧，我就當成這樣吧。「那長笛呢？」

我跟服務生續點了甜甜圈。「咦，有什麼事嗎？」

「算了。」名越帶著「我已經看開」的眼神深深靠到椅背上。「我先說好，剛升上高中時，我就建議馬倫加入管樂社。」

「麻煩你詳細一點。」春太說。

「他變得不對勁是在國中畢業典禮結束，進入春假後。那種落差大到好比正片跟負片，以往隨身攜帶的薩克斯風也不見了。」

「所以究竟發生什麼事了？」成島的語氣焦躁。

「誰知道。我被馬倫的父母打電話邀去他家好幾次，理由諸如『名越，你想不想吃烤火雞？』或是『我們做了大漢堡，名越你想不想來大吃特吃？』，我不討厭那樣的大人。他的父母很擔心，但馬倫什麼也不說，我完全不明白。」

成島大大嘆息，名越繼續說：

「是我邀馬倫加入戲劇社的。他長得高，不參加社團的話，就會一直收到排球社執拗的邀約。」

「我懂我懂，」我嚼著甜甜圈說，「如果是高個子，就算對方是新人，他們也很樂意好好磨練培養。」

「沒錯。所以我是馬倫的好友，也是恩人。」

「是哦。」春太發出懷疑的聲音。「我還以爲你鐵定打著如意算盤，想把馬倫打造得像是時下流行的亞洲風奶油小生，得到輕鬆招徠觀眾的力量。」

名越一陣動搖。看他那個表情就知道春太正中紅心。

「你不知道怎麼對待沒幹勁的馬倫吧？」

「我、我可不在意這種事。」

「你這樣無法做爲其他戲劇社社員的表率。」

名越沉默下來。

「拜託你，」春太低頭伏在桌上懇求，「可不可以再像升高中時一樣，推馬倫一把，鼓勵他加入管樂社？就算他不吹薩克斯風也沒關係。我們會努力扛起名越現在的角色。」

我跟成島忐忑地注視著名越。

名越思考一陣子，然後開口：

「不行。」

「爲什麼？」春太抬起頭。

「我不認爲這就能解決他的問題。」

「這當然。不過你不覺得改變環境也有意義嗎？」

「我是這麼覺得，我也覺得馬倫待在管樂社比較好。可是他現在是戲劇社的一員。就算有人在背後說閒話，嫌他是包袱，一次都沒讓他站上舞臺就鼓勵他走，這太不負責任。儘管只有短短十個月，我還是想讓他留下跟我們一同度過的軌跡。」

「那只是你自以爲的私心吧？」

成島難以忍耐地高聲質問。不過，我不認爲名越的想法有問題。名越並不是說：我不需要他了，給你們吧。對於成島的反應，我本來預期名越會不高興，但猜測落空了。

名越僅用平靜的眼神注視著她。

「成島，這不是我的私心。因爲即便從高中畢業，我們的人生仍會繼續。」

「……我們要等多久？」春太問。

「我不知道，但正在努力。今天麻煩上条跟成島幫忙業餘劇團的舞臺整理。作爲回報，我們可以演出暖場節目。雖然只是十五分鐘的短劇，不過要演原創劇哦。」

成島垂著頭，放在桌上的手握得緊緊，看得我不禁同情起來。

「那個，」我稍稍舉起手，「如果能演出戲劇社、管樂社跟馬倫都皆大歡喜的公演，那不就行了嗎？」

春太跟名越都回頭看我。

「穗村，妳偶爾也會說出好點子嘛。」名越把盤子推向我，問我要不要吃甜甜圈。「我就是想聽到這種積極的意見。管樂社要不要在辦得到的範圍內，來參加看看戲劇社的活動？如果同心協力，馬倫的想法或許會有些變化。」

「這是好主意。」春太點頭。「代替提案的小千，我來寫一齣戲吧。」

「你會寫嗎，上条？劇作家的道路可是很艱險的。」

「我會。下星期五以前就能完成。」

我跟成島都訝異地望向春太。他到底在想什麼？那種自信是從哪裡冒出來的？

「是哦。」名越伸手支著下巴，一臉興味盎然地看向春太。

「那會是一部馬倫可以演出的戲。他無論過多久都沒對戲劇產生興趣，一定是因爲對名越寫的戲不夠有愛。這是證明我們對馬倫的感情更深厚的好機會。」

「是——哦。」名越的臉頰在抽動。「我很期待哦。」

「麻煩等一下，」成島尖聲問，「上条，你說這種話沒問題嗎？」

「別擔心，我們跟名越不一樣，可以創作出最棒的傑作。」

「是——哦——」名越已經化爲一隻貓頭鷹。他好像會就此「哦——哦——」叫著飛到某處去。「還眞是令人期待。既然決定了，就不能繼續浪費時間。」他拿起帳單。

春太跟成島好像想起什麼一般，發出疲倦的嘆息。

「……你們等一下要做什麼？」

我吃得飽飽，開始準備回家。

「舞臺還沒打掃好。有四個人的話，一個小時就能做完。」名越穿上外套回答。

「有四個人的話，一下子就能搞定了。」春太的聲音開朗了些。

「也對，只要四個人合作……」成島頓時打起精神。

咦？我指向自己。你們竟然這樣對我！

2

看來春太是認眞的。

課堂間的下課時間、午休及社團開始前，春太在音樂教室隔壁的準備室閉關，而且門上都會貼著「正在創作戲曲，絕不可入內」的告示。當然，詳情告知過管樂社的社員了。

我們到星期三都還耐得住性子，但星期四就心癢難耐，星期五的放學後，無論是我還是學長姐都看著貼在準備室上的告示，滿心開門衝動。

「感覺就像木下順二的《夕鶴》（註）一樣。一定會誕生出傑作。」

成島抱著雙簧管箱站在我背後，嘴巴湊近我耳邊悄聲說：

「好像有幫手哦。昨天有人聽到裡頭有三個人說話的聲音。」

「三個人……？」

「時間到了。」社長片桐學長的視線落到手表上，接著敲敲門。「喂，上条，差不多該練習了，你好了嗎？」

門從內側打開，春太拿著一張活頁紙現身。

「終、終於完成了嗎！」

眾人圍住春太，好像隨時要把他舉起來拋。春太踏前一步，抬頭看著片桐社長。

「社長，接下來我要去戲劇社的社辦，可以嗎？」

片桐學長盤起胳膊，露出困擾的神情。他的視線停留在春太手中的活頁紙上。

「上条，這齣戲真的能讓大家都變得幸福快樂嗎？」

「……大概吧。」春太回答。

「這樣啊。」片桐閉上眼睛。「那就去吧。我會幫你跟老師說一聲。」

春太低頭道謝後就從走廊上跑掉了。「好，開始練習。」隨著片桐學長的聲音響起，

註：木下順二（一九一四～二〇〇六），日本的劇作家及評論家，代表作《夕鶴》是以日本民間傳說「白鶴報恩」為題材的戲曲，故事描述白鶴化為人類女子前來報恩，以自己的羽毛織出高價的美麗布匹時總是躲在房間裡，不許丈夫窺看。

社員陸續快步進音樂教室。成島注視著春太消失的方向好一會，便垂下視線轉身。

（大家都變得幸福快樂……）

我反芻起這句話。這種結果眞是美好。

我忍耐不住地抓住片桐學長的手臂，抬起眼向他懇求：

「請問，我也可以當監督人，跟他一起去嗎？」

戲劇社社辦是在舊校舍一樓的某間空教室。桌子被推到兩端，穿著針織運動裝的社員正面對面圍成一圈談天說笑。

馬倫不在。

春太站在名越的面前，一臉得意洋洋。而名越帶著認眞的表情，閱讀那張活頁紙。

「打擾了。」我一走進教室，春太就說：「啊，小千，妳來得正好。」

「……怎麼樣？」

「哪有什麼怎麼樣可言，這不可能被打回票。不過爲求謹愼，我在這齣戲採用了受到全日本大人小孩都喜愛的角色。老實講，這戲眞的毫無死角。」

「是哦。」

我繞到名越背後，跟他一起看那張活頁紙。

《女朋友撞到Gachapin（註）的那一天》

這是僅由講手機構成的情境喜劇，也是一對情侶的故事。聚光燈打在飾演男主角跟女主角的演員身上。然後，男友接到女友的電話，並讓慌亂的她平靜下來。他聽完她的敘述後，得知女友似乎是在騎腳踏車時撞到某種東西。他問了被害者的狀態……

・穿著綠色衣服。

・形跡可疑。

・很胖，嘻皮笑臉。

・一旁的電線桿有個穿紅衣服的人目擊整件事。那個人眼睛凸出，毛髮濃密。

總結以上情報，男方判斷被害者絕對是「Gachapin」，於是告訴女友接下來該怎麼

註：Gachapin跟Mukku為富士電視台兒童節目中，穿著布偶裝登場的角色。

做。

通報衛生局前，男友突然問她有沒有加入anicom（寵物保險）。

但女友小心翼翼地說，裡面應該是人，還是送去綜合醫院吧。

男友頓時怒道，別說那種蠢話。那是船長從南方島嶼帶回來的蛋，之後就會孵化出Gachapin，大家都知道這件事。

女友說，那就把那個船長帶過來。

Mukku其實是雪男，所以做不到！男友居然嚷嚷起莫名其妙的話。

女友開始懷疑，男友該不會動搖了吧？

此時，自稱船長的神祕中年男子在男友這頭登場！女友那頭則闖入一群附近小學的地球環境保護俱樂部小朋友！令人衝擊的眞相即將揭曉！

Gachapin會被送到醫院嗎？

……裡面的人還好嗎？

我看著春太，「你白癡吧」這句話險些脫口而出。我動員臉上所有肌肉裝出笑容。

「嗚哇啊，超級有趣。」我平板地說。「你不覺得嗎，名越？」

名越像蠟像一般僵硬，臉上看不出任何表情。他究竟是啞口無言，還是累積怒氣，或是內心其實覺得有點好笑呢，我完全不知道。

「很有趣，對吧？名越。」

我像是摸摸狗狗的頭一樣晃著名越的頭。他露出倏然回神的表情。「我要問一個問題。」他低聲說。「……馬倫究竟是哪個角色？」他聽起來快哭出來了。

春太抱臂沉思，營造出一種彷彿成了大作家的奇妙派頭。

「演地球環境保護俱樂部的小朋友如何？鼻子下掛著綠鼻涕，臉頰上畫著紅色圓圈圈，當然最好要穿著縫有名牌的運動服。」

一瞬間，名越的雙手緊抓住活頁紙撕成碎片，斷然扔掉。

「啊，我這一個星期智慧與汗水的結晶……」

春太四肢著地跪在地上，聚集起被撕破的紙片。

名越挺起身。

「你瞧不起戲劇吧？」

「瞧不起戲劇的人是名越你吧。比起你們文化祭公演的劇本，我寫的顯然更有意思。」

說起來，那個令人疲乏的全共鬥學運時代喜劇算什麼啊。這種實驗劇根本只是自爽，稱不上什麼娛樂。」

「你說什麼……」名越忽然醒悟，「難道說，就是你在問卷中寫下又長又尖酸刻薄的批評嗎？」

「我評論時也有提出有效的替代方案。」

「你那個叫做尖酸刻薄！」

「你把當成藍本的戲劇從人物到情節都偷偷改掉，一定會被有著作權的劇作家告。」

「輪不到寫了這種東西的你來說！」

名越跟春太都血衝腦門，瞪大眼睛爭吵著。喂、喂……我驚慌失措地看向一旁的戲劇社社員。他們望著彼此，乾笑著說：社長又熱血起來了，哈哈哈。

「我跟小千還比名越你更有當演員的資質。」

春太丟下這句話。咦？他剛剛說了什麼？

「……是哦。」

名越閉上嘴。我還是第一次看到一個人的臉血色盡失的模樣。

「我從以前就很想講，我實在很受不了你們把社辦稱爲工作坊。」春太氣喘吁吁地起身，他展開雙臂，目測全場。「看，這間教室用來當管樂的分部練習室再適合不過了，小千妳說說看！」

春太說這什麼話！我差不多該阻止他了。

就算辛苦寫出來的戲被撕掉，他這樣否定戲劇社也太過火了。

「我也從以前就很想說，能不能把老有管樂社在那邊製造噪音的停車場，挪來當成發聲練習區。」

名越壓抑的低語讓我轉過頭。抱歉，我現在馬上叫春太道歉——我想這麼說。

「尤其長笛特別難聽，我妹妹的直笛還比那高明一千倍。」

「……你說什麼？」

「連我老爸的鼾聲都比穗村的長笛更奏得出美麗的旋律。」

「……喂，你什麼意思？」

春太的手輕輕放到我肩上。

「看，他就是這種人。趁現在像打蒼蠅一樣幹掉他，對管樂社的未來比較好。」

名越的雙眼充血。「眞巧，我正好也這麼想。」

「你想怎麼做？」春太的鼻頭湊過去。

「我就跟你們來一場演戲競賽吧。你們不是比我更有當演員的資質嗎？」名越說。

「等一下。」我介入兩人之間。「什麼演戲競賽，我們哪可能贏過戲劇社，還是不要做這種事啦。」

「……穗村，演技不是什麼特別的玩意。」

「什麼？」

「妳在日常生活中也在演戲啊。妳不是滿腦子都想著要讓喜歡的人喜歡自己嗎？如何受他喜愛、投他所好就是妳最關心的事，不是嗎？」

我頓時臉上發燙。春太站到我的前方。

「這可眞有趣。名越要跟誰搭檔？」

「我來介紹我們社上的招牌演員吧。」

一個女生在名越的眼神示意下起身。她戴著厚重眼鏡，頭髮低低地綁在兩邊。由我來說也有點怪，不過她的外表似乎沒出色到足以稱爲招牌演員。

「藤間彌生子，你們就叫她間彌吧。她家開拉麵店。」接著，名越將臉湊向我們，他壓低聲音說：「……她可是眞正的巨星。」

一旁的春太拚命忍笑。

藤間默默頷首致意，她像是個正經認眞的社員。

我爲自己光憑外貌就抱持偏見的心態感到羞恥。

「藤間，我們一起阻止那兩人爭吵吧。」

我伸出的手被她一把拍開。怎麼搞的？怎麼回事？

「啊，」名越想起什麼似地說，「現在藤間在社長命令下，化身爲『剛在半年前接受保護的狼少女』了。」接著他輕輕一拍手。「喂，藤間，清醒吧。」

我推開名越並與藤間面對面，搖晃著她嬌小的雙肩大力呼籲：

「這樣好嗎？寶貴的青春時代被這樣的社長支配眞的沒關係嗎？別再做這種事了，好不好？」

不知道那裡好笑，名越哈哈大笑起來。

「喂，藤間，對這個把青春純潔化的小丫頭說幾句。」

藤間認眞思考一會。不久，她像擺脫迷惘般抬起頭，微弱地說：

「……安逸是演員的大敵。」

我身邊腦子有問題的同年級生又增加了。

「上条，比賽時間就在星期六放學後，地點在體育館的舞臺，可以嗎？」

「如我所願。」春太說。「我可不會輸。」

「內容是即興劇。不過給你們一點優待，設定成心理遊戲好了。不是比賽飆演技，而是率先達成我方提出的條件者獲勝。我會找觀眾過來，馬倫也包括在內。」

咦？我注視名越。因爲名越的視線越過我們，望向教室的拉門。

「——可以吧，草壁老師？」

我轉頭。草壁老師單手拿著印好的五線譜，靠在教室半開的拉門邊。

「我們接受你的挑戰。」

草壁老師露出帶著挑釁的笑容。

3

星期六放學後，我茫然佇立在體育館的舞臺上。

觀眾席排著約四十張摺疊椅，幾乎被管樂社社員、演劇社社員與畢業學長姊以及名越班上的朋友坐滿，連還沒開始練習的女籃社、羽球社的社員都饒富興味地從遠處望著。是我的錯覺嗎，觀眾好像增加得越來越多了……

戲劇社跟管樂社的代表要賭上威信進行戲劇對決——早上起，宣傳就傳遍整間學校的學生耳中。

到底爲什麼變這樣？

我不經意一看，馬倫坐在觀眾席最後面。不知道是不是被名越強硬邀來，他渾身散發著不自在的氣息。成島坐在距離他有點遠的地方，似乎很在意他。

「那開始吧。」

名越跟藤間從側臺颯爽登場，而春太從觀眾席走上舞臺。戲劇社社員開始鼓掌，掌聲隨即蔓延整個觀眾席。

名越舉起雙手，用清亮的聲音說明：

「決鬥方式是簡單的即興劇，各位要在設定的情境中扮演適合的角色，只要在限制時間內從這個舞臺上退出即可。我將此命名爲『退出遊戲』。」

「……退出是指離開這個舞臺就行了嗎？」我問。

「對，很簡單吧？第一個題目是『恩師的歡送會上，要在最後和老師道別致意前退出』。無論什麼理由都行，而敵隊要設法阻止。請你們運用想像力，思考退出方法。」

我用手肘戳戳春太。

「我還以爲會出更難的題目。感覺很簡單，眞是太好了。」

「但我對想像力沒信心。」春太說。

「恩師設定成誰都沒差，你們假想成草壁老師也沒關係哦？」

我心生不悅，但一看春太，他竟然眞的全身僵硬。想必是被比別人更豐富的想像力壓垮了。

名越偷笑。「沒錯沒錯，就是那個表情……眞是活靈活現。不過這是演戲哦？希望你們不要忘記。順帶一提，上半場四個人進行，不過，沒先取悅觀眾再退出可不行哦？這個遊戲其實很深奧，試試看就知道了。基本上，否定發言時要先肯定再否定，否則對話會沒辦法好好接下去，所以要注意。」

「咦？」

不顧我的困惑，名越給個信號。

舞臺上的巨大白板翻了過來，上頭用麥克筆大大寫著如下文字：

戲劇社VS管樂社　即興劇對決　上半場

題目「恩師的歡送會上，要在最後和老師道別致意前退出」

演出者

名越俊也（戲劇社社長）

藤間彌生子（戲劇社女生，招牌演員）

上条春太（管樂社的小角色）
穗村千夏（同右，小角色）
以上四人。限制時間十分鐘。

「小角色……」春太恨恨地低喃。

「那麼，開始！」

名越的聲音響起時，觀眾席湧起「啪啪啪」的鼓掌聲。

我深呼吸，等鼓掌停下。不能在這種遊戲上瞎攪和太久。拍手完全停止後，我舉起手走到舞臺中央。

「我、我可以去洗手間嗎？」

名越跟藤間都呆住了。觀眾鴉雀無聲，戲劇社社員們發出嘆息。「怎麼用這招。」小小的聲音這麼說。不久後，那變成「噓——噓——」的噓聲。

我慢慢轉過頭。大家都顯得很不滿地盯著我，這讓我真切感受到觀眾的存在。

名越走到舞臺中央，看著我跟觀眾說：

「劈頭就用生理現象嗎？倒也不是不行。向恩師致意前，說要去廁所。這也沒辦法。但這不構成從這個情境退出的理由，應該明白吧？這是中途退出，前提是還會再回來。」

觀眾席傳來「原來如此」的理解聲。那人竟然是管樂社的片桐社長。他完全享受這種狀況，這個可惡的背叛者。

春太點頭，我也好像漸漸懂這遊戲了。

「那來試試這招如何？」

春太拿出手機。他突然跳起來大叫：

「什麼，爸爸遇上車禍？送到哪家醫院了？我馬上去！各位不好意思！」

觀眾一陣鼓譟，春太志得意滿地收起手機。的確，這種狀況就不能不退出了。觀眾席上的管樂社社員都握拳做出勝利手勢。

名越立刻拿出手機。

「媽媽？妳說撞到了上条同學的爸爸？然後……因爲衝撞的衝擊，上条爸爸的腦袋變聰明了？然後上条爸爸逃了？」

觀眾之間炸開宛如炸彈落下的笑聲。名越伸臂環住無法接話的春太脖子。

「原來也會發生像笨蛋阿松的爸爸（註）那樣的事啊。太好了，你家明天似乎會變熱鬧哦。」

體育館被浩大的掌聲淹沒。「對啊對啊！」「明天上条家好像會變很好玩！」「我要去你家玩！」開心的聲音在觀眾席上此起彼落，春太垂著頭回到我的身邊。

這個喪家之犬。

「你們眞的什麼都不懂。」

註：赤塚不二夫的漫畫《天才笨蛋阿松》的角色，該角色原本是天才，因出車禍而瞬間變成笨蛋。

名越無奈地說。這道聲音也傳到觀眾席。

「聽好囉？這遊戲的重點在阻止退出，觀眾會審查兩方的主張。你們要牢記，如果有腦袋轉得快又優秀的『阻止退出方』，那種造成冷場的理由不管來多少都會被擋回去。」

我跟春太都屛住氣息。

「那麼，重新開始。」

名越剛宣言，藤間就突然跪倒哭起來。她嬌小的身體顫抖著，盡全力忍住湧起的嗚咽……看起來是這樣。名越走過去，手放上藤間的肩頭。藤間抗拒似地拍開他的手。名越手足無措。「我一直對妳——」他說到這裡就沒了聲。

我對春太耳語：

「他們在做什麼？很好笑耶。」

「雖然說是退出遊戲，這還是一場戲對吧？他們開始演即興劇了。這應該是一直暗戀恩師的女學生，跟一直暗戀那個女生的男學生。喏，妳看那裡。」

春太指向舞臺上另一塊白板。有個戲劇社社員正用麥克筆寫字，然後移動白板讓我們跟觀眾都看得到。

．藤間暗戀恩師，而名越暗戀藤間

「……增加了一個設定。」

春太也對我耳語，我還以一張苦瓜臉。

「快，小千，我們要在節奏被他們掌控前阻止退出。」

春太推著我的背，我無奈地走向藤間，舉起手引起觀眾跟藤間的注意。

「藤間，妳必須好好傳達出心意才行。從老師那張新幹線的車票看起來，他必須在最後的致意結束後就離開教室，否則趕不上吧……我會想點辦法，至少讓新幹線誤點一班以上。我可能會因此回不來，但不要緊。藤間，妳不可以受到那邊的名越迷惑！我先走一步了！」

不出所料，名越阻止了想轉身離去的我。

「喂，妳要去哪裡？」

「我我我、我去打電話預告要引發爆炸，由我來付出代價！爲了避免馬上被抓，我會用路上的公共電話打。從這裡跑到離學校最近的公共電話要花十分鐘以上。」

「哦哦！」觀眾席響起稀疏的掌聲。

「那麼，這個拿去。」名越將手機遞給我。

「不可以用手機！這樣身分馬上就會被查出來！」

「這用預付卡，沒關係。」

名越說，我停下腳步。觀眾也寂靜無聲。

「——咦？」

「真期待妳怎麼預告引發爆炸。」

我喉頭不由得一鯁，戰戰兢兢地轉頭看觀眾席。管樂社所有人都臉色發青，戲劇社社員跟名越的同學則嘻嘻輕笑，滿是期待地注視台上。

我滿臉通紅，雙手掩著臉坐倒在地。「……不行，我還是做不到。犯罪是不好的！」

「也是啊。」觀眾席響起陣陣掌聲。這些人搞什麼嘛。

舞臺上的白板增加了新設定。

・最後的致意結束後，老師就會離開教室去搭新幹線

春太來到我身邊耳語：「接下來團隊合作吧。」他留意著觀眾，大步走到舞臺中央，一個旋身後面向名越。「這麼說來，等最後的致意結束後，大家要一起把老師拋起來吧？」

「……啊，對。」

舞臺的白板上又增加新設定。

・最後的致意結束後，要一起把老師往上拋

我靈機一動。「藤間，趁著把老師拋起來時，向他表明心意怎麼樣？」

藤間猛地抬頭又低下頭。「大家都會看到……很難爲情。」

「不用擔心。」春太在藤間面前蹲下，搭住她的肩膀像要讓她放心。「拋老師的時候，我們就用名越出的主意，在廣播室播放充滿回憶的音樂發表會演奏——第九號交響曲，對吧，名越？」

「……嗯，我好像這麼說過。」

名越配合我們。

「對啊！」我跟春太一起並肩站在藤間面前。「我會去廣播室把音量調高，藤間就趁大家把老師拋起來的時候，在老師耳邊清楚說出心意。別擔心，就算別班抱怨，我也會死守廣播室，絕不容任何人妨礙藤間！」

「小千，妳可以去一趟嗎？」春太問。

「可以，我願意！」我說。

我跟春太同時偷偷觀察觀眾席。掌聲雷動。「做得好！」「藤間，隨著第九號交響曲一起表明妳的心思吧！」很好，掌握到確切的感覺了。我跟春太聯手，這點小事輕輕鬆鬆。我連忙跑到舞臺邊踏上樓梯。絕不能回頭。名越跟藤間安靜得讓我毛骨悚然。

「啊，關於這件事——」

名越阻止我。果然來了。

他從制服口袋拿出體育課時老師用的那種哨子。

「……我們突然決定用『哨子』來演奏了。」

觀眾一陣喧鬧。

「怎麼用一個哨子演奏啊！那又不是樂器，表現不出音程吧？」春太反駁。

直到剛才都還哭得抽抽搭搭的藤間，靜靜從口袋拿出另一個哨子。觀眾間發出爆笑：不愧是間彌，毫無漏洞。

名越嘴裡咬著哨子大喊：

「這是哨子的合奏！」

他們兩人輪流「嗶——」「啵——」地吹起有點像第九號交響曲的演奏，觀眾笑個不停。連成島跟草壁老師都在忍笑，我覺得我們輸了。

「不是合奏，是合吹啊。在某種層面上真令人感動呢，小千。」

春太雙膝一彎，我也坐倒在地。

此時「叮鈴鈴鈴」一聲，像鬧鐘的鈴聲響起。比賽規定的十分鐘到了。觀眾席湧起響亮的掌聲，當中也有學生站起身，找還留在學校的朋友來。

咦？騙人吧？觀眾還會增加嗎？

名越跟藤間在舞臺中央浮現無所畏懼的笑容。

「……小千，狀況不妙。」春太悄聲說。

「……爲什麼？」我疲憊不堪地回答。

「名越他們一次都還沒輪到退出的那一方。他們打算在下半場一口氣定出勝負，剛剛都在玩弄我們。」

「怎麼會！」我感覺到雙方的實力差距。

名越岔著兩腿站在我們前面。不要，別用那種視線看我們！我的心境宛如被蛇盯上的青蛙。名越輪流觀察觀眾跟我們的反應，接著用大家都聽得到的聲音大喊：

「我沒興趣欺負弱者，接下來會給管樂社一點優待。」

「咦？」我跟春太同時出聲。

「下半場雙方陣營都追加一人。不是說三個臭皮匠，勝過一個諸葛亮嗎？你們就試著突破這個難關吧。」

名越舉起一隻手，舞臺上的白板馬上就翻過來，接著寫上新內容的戲劇社社員讓開。全部觀眾都注視著上方。兩名學生難以置信地站起來。

戲劇社VS管樂社　即興劇對決　下半場

題目「偽鈔犯在追訴期將屆的十五分鐘前，能否從藏身地點退出？」

演出者

名越俊也（戲劇社社長）

藤間彌生子（戲劇社女生，招牌演員）

馬倫．清（戲劇社社員）

上条春太（管樂社的小角色）

穗村千夏（同右，小角色）

成島美代子（同右，小角色）

以上六人。限制時間十五分鐘。

4

「爲什麼我非得在舞臺上丟臉！」
成島在舞臺上揪著春太的衣領猛力搖晃，觀眾輕聲笑起來。
一想到自己原來一直在舞臺上丟臉，我就暗自沮喪。
「我絕對不要，不要不要不要不要不要！」
春太像搖頭娃娃一樣晃著頭，他說「要抱怨就去跟他說」並指向舞臺中央的名越。
「成島，妳乾脆放棄吧。」
「你這個人啊——」
成島說到一半閉上嘴。馬倫從名越背後走上舞臺靠近眾人。他露出困惑的表情。
「……名越，我辦不到。」他擁有跟名越一樣清澈的嗓音。
「爲什麼？」
馬倫垂下視線搖搖頭。
「我沒有你們的才能。到頭來只會站著不動，演不了即興劇。」
「對啊對啊，我也是一丁點的意願都沒有！」
成島用食指跟拇指比出的「一丁點」眞的是半點也沒有。

名越發出觀眾也看得出來的誇張嘆息。
「唉，瞧不起戲劇的人可是會被戲劇弄哭的。稍微改變主旨好了。」
他說著站到白板前，用麥克筆補充。

勝利條件

．名越跟藤間讓成島退出
．上条跟穗村讓馬倫退出

名越滿足地關緊麥克筆的蓋子。
「這樣就會變成所有人都能參加的即興劇，你默默呆站在那邊也沒關係哦？」
「什麼？所以我要被這兩個像惡魔一樣的戲劇社成員欺負嗎？」
成島露出好像快哭出來的表情。這就是瞧不起戲劇的人被戲劇弄哭的瞬間。
「哦。」跟名越一樣，春太用觀眾也聽得到的聲量做出反應。「就算馬倫沒意願，默默站在那邊也沒關係，我們只要用各種手段讓他退出就行了。」
馬倫一愣，視線慢慢轉向春太。他平靜的眼神中，一瞬間閃現出玩味的光芒。
「做得到那種事嗎？」
「不試試看的話，我們不就贏不了嗎？」
明明可以不用理會，春太卻認眞了。

「——好，那就開始吧。」

名越攤開雙手，請觀眾鼓掌。觀眾席湧現響亮的掌聲，我倒抽一口氣。下方連站著的觀眾都有，人數膨脹到將近剛才的兩倍。下半場的即興劇「僞鈔犯在追訴期將屆的十五分鐘前，能否從藏身地點退出？」開始了。

戲劇社社員從側臺迅速跑來，發給我們每個人一條毛毯。

「這什麼？」我抱著毛毯問名越。

「小道具。你看看我們的招牌演員。」

我看向名越指的方向，藤間裹著毛毯、全身不停顫抖。她像被逼上絕路一樣咬著大拇指指甲，不斷自言自語。哦，看來藏身地點沒暖氣。名越披著毛毯縮成一團，馬倫也學著他盤腿坐下。但他把毛毯放在旁邊，眼神平靜。

我們也把毛毯從頭罩下，三個人緊靠在一起。

「……面對名越這個對手，我們有辦法贏嗎？」成島小聲問。

「原來如此，看來妳認可他的才能。不過我想到方法了。」春太悄聲回應。

「咦？」成島跟我問。

「冷靜想想，這個退出遊戲就跟將棋解殘局（註）一樣。只要聯合運用臨場戰略與狀況，將名越他們引進不得不讓馬倫退出的狀況就行了。」

「這種事做得到嗎？」我壓低聲音問。

春太看著名越，露出奸笑。「就讓沉溺於戲劇的人爲戲劇哭泣吧。」接著他嘟噥起莫名其妙的話：「綿綿落不盡，長雨漲淚川。簌簌衣袖濕，思君不得見。」

「你在說什麼？」成島一臉狐疑地問。

「退出遊戲中的獲勝咒語。」春太說完，將嘴湊向我跟成島的耳邊。他告訴我們一個在這場戲中「絕對不能說出口的詞」。

「——喂，上条。」

煩躁的聲音響徹舞臺。是名越。

「戲已經開始了。」

觀眾席湧現陣陣噓聲。對。我都忘了。

「不是的，名越。」我猛然起身，披著毛毯走到舞臺中央。「春太不在藏身處。」

「什麼？」名越被我出其不意的一招弄得發怔。

「我怎麼找都找不到他！」我演出含淚傾訴的模樣。

「他、他他、他跑到哪裡去了？」

這時，暫時躲到側臺的春太披著毛毯走到舞臺中央。他像是抱著什麼。

「你去做什麼了啊，春太！」我責問春太。

「……上条，那溼答答的小汪怎麼回事？」成島也披著毛毯走近。

註：運用將棋規則的益智遊戲，原本是用來磨練處理棋局終盤能力的習題。攻方要以最少步數走到能將死對方的局面。

春太氣喘吁吁地回應。「外頭似乎有颱風在接近，小汪在沒有行人的地方發抖，我就帶回來了。」

「狗？再過十五分鐘就會超過追訴期的僞鈔犯，哪有閒工夫關心狗！」

「等等，名越。」我勸著名越。「在這種持續緊張的狀態中，也有成員需要可愛的小汪不是嗎？」

我、春太跟成島的目光投向披著毛毯發抖的藤間。

藤間眼中泛起淚光，朝我們伸出雙手。

「小、小汪……」

這位招牌演員眞配合。

「嘖，竟然增加多餘的道具。」

名越咒罵一聲，在舞臺的白板上追加新設定。

．僞鈔犯的藏身處有撿來的小汪

「總之，再躲十五分鐘就好。」春太披好毛毯。「而且我們所有人都做過整形手術，不會有事的。只是……」

「……只是？」名越重複他的話。

「令人擔心的是，在六個犯罪成員中，混著一個沒幹勁的中國人。希望他沒搞出什麼差錯。」

除了春太以外的所有人都一驚，視線集中在默默坐著的馬倫身上。馬倫臉色鐵青。

「喂，馬倫是美國人。你給我訂正。」

名越沉下臉逼近春太，馬倫連忙站起身制止。我跟成島也緊張起來。

「沒差，就當我是中國人吧。」馬倫低喃。他的聲音不帶任何感情。

「追加設定。」春太用讓人感到冷酷的聲音指示戲劇社社員。

舞臺的白板上增加了新設定。

．所有成員都做過整形手術

．六個犯罪成員中，混雜著一個沒幹勁的中國人

「……那個啊，名越。」

我舉起手。在舞臺邊緣，成島正掐著春太的脖子。觀眾嘻嘻輕笑。

「什麼事？」

「這個藏身處究竟在什麼地方？」

「哦，其實……」

名越朝藤間投去憐憫的目光。藤間用兩手抱著無形的小汪，用臉頰磨蹭著。

「藤間會如此需要狗的治癒，有兩個理由。這裡是只有電燈泡跟自來水勉強可用的破舊公寓住屋，沒有電話、沒有收音機，也沒有電視。」

「什麼？」喉頭被摁住的春太發出痛苦的聲音。「那怎麼看得出現在的時間是追訴權時效過期日的十五分鐘前？」

「我有手表。」

「你怎麼證明時間正確？」

「我的手表是高級電波錶！」名越怒目而視。「Made in Japan。只要這是比什麼都正確嚴謹的電波表，你們就沒辦法在時間上玩花招。我絕不原諒瞧不起戲劇的上条，看我把你打垮，笨——蛋，笨——蛋。」

「知道了、知道了。」我安撫著從罵人方式難以想像這是現代高中生的名越。我好像成了他媽。「那藤間狀況有異的另一個理由是什麼？」

「哦，其實這棟破公寓是有共用玄關的兩層樓木製建築，房間正上方有個獨居的住戶。除了我們以外，這裡就只有那個住戶。而藤間唯一的樂趣是，豎起耳朵聽每天晚上十一點回家的住戶腳步聲。」

「……好陰沉。」我誠實說出感想。

舞臺的白板上增加了新設定。

·藏身處正上方有個獨居住戶

·那位住戶每晚十一點會回家

「眞夠瑣碎的。」成島用會傳到觀眾席的音量拋下嘟噥。

「輪不到你們管樂社這麼說！」

名越指向羅列在白板上的文字，而觀眾輕聲笑起來。

「接下來才是重點。」名越露出懷疑的神情繼續說：「正上方那間屋子的住戶，今天偏偏到現在還沒回來。爲什麼在我們的時效過期日當天會發生這種事？」

「這只是巧合。」成島不予理會。

「是啊，只是巧合。」我也附和。

「妳們是白癡嗎！現在說不定有一堆警察在外頭埋伏，讓他回不了家。看！藤間都怕成這樣了！」

藤間像是剛出生的小鹿一樣手腳痙攣。她眞的是招牌演員嗎？但觀眾都在笑。我斜眼看著這個情景，暗叫不妙。名越開始把觀眾拉到他們那方了。

「……在這群成員中，或許有跟警方勾結的背叛者。」

「在即將失效的時刻前內神通外鬼，也沒好處可言。」春太試著阻止發展。

「沒錯，但該不會是動整型手術的時候，被臥底調查員掉包了？啊，那個人會不會假裝成我們的成員，欺騙我們到今天？」

春太隨即發出「嘖」的一聲。

「冒牌貨？」我依序環顧春太、成島、名越、藤間跟馬倫。

「我的眼睛可不只是沒用的兩個洞。」

「你說有人是冒牌貨？」

「是妳，成島。」

被名越指到的成島露出「啥？」的表情。

「我知道，妳的眼鏡是裝飾用的。真正的成島應該帶著有度數的眼鏡。」

「這副眼鏡有度數。」成島很鎮定。

「是嗎？」名越偏了偏頭。「我確認一下。」

成島一臉狐疑地拿下眼鏡交給名越。名越觀察成島的眼鏡好半晌，接著交給不知何時平靜下來並端坐著的藤間。藤間裹著毛毯翻來覆去地檢查完，將眼鏡還給名越。

「抱歉。」名越將眼鏡架攤開後還給成島。成島伸手碰到眼鏡時，大喊著「這什麼東西！」並扔了出去。

那是一副有如派對道具，只有框的裝飾用眼鏡，大到幾乎超出臉的範圍。

名越在裝飾用眼鏡前跪下，宛如捧起聖杯般恭敬地拿起它。

「哦哦，這正是如假包換的裝飾用眼鏡。」

「還來！交出我的眼鏡！」

成島敲打著藤間的背。將毛毯披在頭上的藤間像是收起手腳的烏龜一樣縮成一團。

名越從後頭戳戳激動的成島肩膀後，說一聲「拿去」並在她轉來的臉上戴上眼鏡。這副眼鏡出乎意料很適合她。

「我不要啊啊啊啊！」成島的尖叫聲響起。

我和春太都愣愣地看著亂七八糟的情景。但觀眾大爆笑，十分樂在其中。的確……這無疑是有趣的畫面。他們想看的就是這種場面吧……

名越抓住成島的手臂。

「上条，懂了嗎？成島是冒牌貨的可能性很高。再這樣下去，就算一直躲在藏身處，警察也會衝進來。接下來我要以成島爲人質，離開這個藏身處。要是外頭有警察，立場就顚倒了。超過時效還有五分鐘。這五分鐘由我犧牲，我會設法爲你們爭取時間。」

觀眾之間響起驚嘆及掌聲。「還剩五分鐘！名越，爲大家豁出去吧！」也有觀眾如此聲援。名越看著觀眾說，「我的自我犧牲是無價的」，並豎起大拇指。

「不要、我不要，我不是冒牌貨。」

「閉嘴，妳這個冒牌貨！」

戴著大大裝飾用眼鏡的成島被名越用蠻力拉走。

「救救我，上条、穗村！」

得快點幫忙才行……我正要準備動身時，眼中映入一直默默坐在側臺的馬倫身影。他的表情讓我覺得他好像正在瞪著名越。

春太舉起雙手吸引觀眾注意。掌聲停下，名越也注意到他而回頭。

「這招太笨了。應該是要讓對方主動退出才對……你是這麼想的吧，馬倫？」

名越拉著成島的手臂回到舞臺中央，現在是名越與春太的對峙時刻。

「怎麼，上条，我要讓成島退出的這件事應該沒問題吧，觀眾也都支持我。」

「成島是冒牌貨這樁事純粹是名越你的誤會。藏身處正上方的住戶還沒回來，是因爲現在不到十一點。今天不是什麼異常狀況。」

「……你說什麼？」

「我的手表顯示現在十點五十五分。按照你的理論，十一點後再懷疑成島也不遲。」

名越鄙視般地笑了。

「你手表壞了吧？我的手表是比任何手表都正確的電波表。就算有人對指針動手腳，這支聰明手表也會馬上自動校正。不好意思啊，上条，你大概想讓時間推遲一個小時，但以我爲對手，你這種作法太不利了。」

「推遲？我跟名越的手表時間都是正確的。因爲我們的藏身處……是在中國的蘇州不是嗎？」

觀眾吵嚷起來。

這裡是中國？我睜圓眼看向春太。成島跟藤間也呆住了。

「我們最後偷渡到中國的蘇州。這裡離九州大約一千公里，所以名越的電波表是校正成日本的時間，而此處與日本時差一小時。也就是說，藏身處的現在時間是十點五十五分，名越的電波表則是日本時間十一點五十五分。」

觀眾一片譁然。我聽到問著「這怎麼回事？」的聲音。草壁老師起身向眾人說明，我豎起耳朵。他說，電波表的修正距離是在東北與九州發射台的一千到一千五百公里內。若將國內用的電波表帶到鄰近國家，有時候即便將時間調成當地的標準時間，手表仍會接收到原本國家發射的信號，校正成該國的標準時間。在加拿大或是美國這些位於校正範圍外的國家，也有被修正成日本時間的案例。

名越神色扭曲。

「唔……的確，這裡是中國。」

藏身處因爲春太的一句話改變了！

觀眾之間湧現響亮的拍手聲。

「這裡是中國，而時間才要到十一點。」春太說。「就算正上方房間的住戶還沒回來，要懷疑成島還太早了。」

此時，一隻手從春太背後抓住他的肩膀。那是馬倫的手。

「爲什麼……是蘇州？不是還有其他時差一小時的地方嗎？廣州、北京、上海……爲什麼是蘇州？」

「這是有意義的。」春太輕推回馬倫的手。「重要的是，各位，我們現在面臨了一個更大的問題。你們沒發現嗎？」

「什、什麼事？」名越答得驚慌失措。

「就是日本法律上的時效延長。**我們逃到中國這個外國，時效就會暫停計算。現在這**個瞬間已經不會算進追訴期內，**我們就是活在距離追訴期將屆的十五分鐘前永不結束的世**

界。」

「你、你你、你說什麼！」

「沒錯，我們的罪不會消失。我們僞造的錢使許多人不幸。認爲時間會抹除一切悲傷，不過是種自以爲是。我們之前就決定好了，一生都要在中國背負著罪孽活下去。」

名越說不出話。春太繼續說：

「但這裡除了五個犯罪成員，還混著另一個人。那人與此事無關，我想放那人走。」

「六個人以外還有另一個人？」名越動搖了。「等一下，這個藏身處只有我、藤間、馬倫，以及上条、穗村跟成島這六個人吧？」

「不，有七個人。」

春太微笑，他接著對我們眼中不存在的人招手。

「跟大家介紹，這位是中國人成員小汪。」

觀眾安靜下來。草壁老師不知爲何獨自笑著。不知道大家是不是漸漸理解這句話的意思，笑聲蔓延至全部人。

「你說狗就是小汪？小汪是……怎麼可能，小汪是狗啊！」

名越唾沫橫飛地大喊。

我理解了。事前春太規定了一個「不可以說出口的詞」，那就是狗。一開始他帶來的就不是狗。我們一句話也沒說那是狗，大家一致稱爲小汪是因爲名越那些戲劇社的人擅自誤會。無聊歸無聊，但很有春太的風格。汪的確是中國人的姓氏之一。

我望向觀眾席，掌聲很熱烈。

觀眾是支持我們的！

「順帶一提，多虧這位中國人小汪的協助，我們得以偷渡到中國。謝謝你，小汪。」

觀眾仍笑得很開心。

春太靜靜與馬倫對峙，名越跟成島也默默注視著彼此。

笑聲停止了。

「馬倫，六個犯罪成員之中，就只有一個中國人。也就是說，其中一個是沒有關係的人。回想一下開頭的情況吧。我當時說的中國人是小汪。他是在這種狀況下外出的冒失鬼，我才會怕他出差錯。」

「啊……」

馬倫退後一步。

「你說『沒差，就當我是中國人吧』，承認了自己的身分。也就是說，跟這六個犯罪成員無關的就是你。我們在蘇州這裡讓你走。如果你想跟一生都是犯罪者的我們在這不見天日的地方待下去，希望你說出讓人接受的理由。如果有想見你的人，或是想實現的願望，你就該回自己的家。」

「我能回去的家……在哪裡？」

馬倫發出顫抖的聲音。

「這個藏身處外頭就是蘇州。」

馬倫想說些什麼。他明明想說話，卻有千萬思緒湧上心頭，話不成言。他的表情透露出這股掙扎。他東張西望，求助地注視著名越。然而不知爲何，名越沒幫忙解圍。

「——這樣啊，馬倫，你擔心兩手空空地被我們丟在蘇州吧。我們已經爲你準備好裝著所需生活資金的鋁箱，並用密碼轉輪鎖鎖上。我現在就告訴你密碼。」

春太走近馬倫，用觀眾聽不到的聲音耳語。

但我聽得見他說的話。

「四位數密碼是九〇八九，中文諧音就是『求你別走』，拜託你別走。你並非一出生在這個世上就沒人要的孩子。希望你重視兩個故鄉，兩對父母。這是名越跟我的願望。」

馬倫的喉頭發出「嗚」的一聲。他的臉悲哀地扭曲著，努力武裝自己失態的神情。接著，他再度望向名越，可是名越避開他的視線低語：

「你回家確認看看吧。」

然後，馬倫退出了。

「的確，在中國聽到肯尼．吉作品的機會多得不可思議。薩克斯風在那裡是遠比在日本更流行的樂器。」

在體育館收拾著折疊椅時，草壁老師告訴我。

「不好意思。」成島走過來，她小心確認一旁只有我們後才開口：「我聽到上条說『兩對父母』……老師知道什麼嗎？」

草壁老師淺笑著回答：「這種事，等哪天請當事人親口告訴妳比較好。」

成島紅著臉低下頭。

我從春太口中聽說了事情的一部分。

只能生一個孩子——這是現代相當少見的制度。但約十五年前，只有第一個孩子可以報戶口的制度，悲哀地使一個鄉下家庭出現裂痕。繼承香火的長男地位無可動搖，但若是長男帶著某種疾病或身心障礙，事情就有所不同……而極少數的家庭就存在著這樣的不幸。

馬倫他便是如此——

我搬著摺疊好的椅子，走到舞臺下的收納空間。

哪三個人構思出「退出遊戲」這個腳本，不用我說，各位也知道吧？

我找到推著滑式手推車的春太跟名越。

「這樣好嗎？馬倫說不定會離開戲劇社。」

春太小心翼翼地問起時，名越伸手制止他接下來的話。

他仰頭注視著天花板。

「你問我嗎？我很滿足。畢竟我在他最初、也是最後的舞臺上演出過了。」

5

蘇州的風很冷。

那天後，我向學校請假，踏上四天三夜的旅行。

旅行最後一天，我拜託爸媽讓我獨自行動。而我輕易找到弟弟的住處。那是一棟坐落在郊外的房屋，外觀看起來是一戶家境富裕的人家。我從遠處眺望一會，將這幅景象烙印在記憶中，然後轉身離開。

接下來，我費一番工夫找到最近的郵筒，寄出給弟弟的信。

我想讓他知道，我回過「故鄉」一趟了。

雖然我們的「父母」不同……

但我是你的兄長，這個事實永遠都不會改變。等我們哪一天都獨立自主，可以自由見面的時候，來一起演奏薩克斯風吧。我想，那一定很不錯。

象息

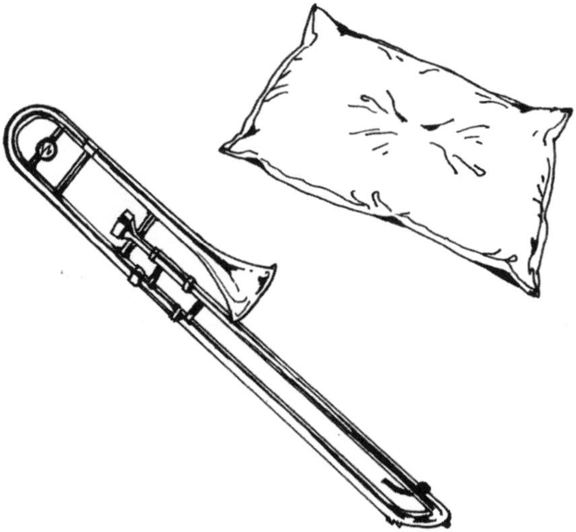

・甕覗
・留紺
・麴塵
・二藍

你知道上面這些是什麼東西嗎？我再舉幾個更容易看出來的例子。

・許色
・單思色
・白殺色
・秘色

沒錯——這是顏色的名字，全是色彩辭典記載的顏色名。其中也有「克麗奧佩特拉」、「武士」這類源於人名或一般名詞的奇妙名字。當然，拿這些名字跟顏色範本對照後，能否信服又是另一回事。「修女的腹部」是接近白色的粉紅色，但不表示修女的肚子眞是淺粉紅色；「仙女的大腿」是淡粉紅色，這倒還可以領會。話說，取這兩種色名的絕對是男人。畢竟男人都很色，可以理解爲何將顏色聯想到女人的裸體。

儘管近代的色名、樣式都相當齊全，不過幾百年、幾千年前的人不同，他們會遇見首次邂逅的顏色。這不是很浪漫嗎？將內心的感動或驚訝託付於色名，直到與全世界的人共享這份感受，而我想這需要無比漫長的時間。

最後，人造就出奇妙的色名，不過當中有些令人費解，有些構想新奇，有些由來有趣。這些各式各樣的奇妙理由引人遐想，因此我們可以就著顏色和範本比較，試著體驗創作者的想像力，或色彩經歷過的命運，這種品味過程也很不錯。

但這個世上，也有顏色範本不明，僅留下奇妙色名的例子——

1

我的名字是穗村千夏，一頭栽進得不到回報的單戀中的高中一年級生，情敵還是最爛的人選，怎麼會有這種事。但一想到身爲女性的我可能會輸，有時甚至夜不成眠。拜此之賜，我好像快要悟道了。其實，我喜歡的是一直追逐著老師的自己！

鳴響吧，長笛。

我的長笛。

將這份難熬的心情寄託於旋律。

傳遞出去吧，我懸而未決的戀心。

走廊上傳來急促的腳步聲，空教室後方的拉門應聲敞開。「穗村同學，有學生身體不舒服在睡覺，麻煩安靜一點哦。」隔壁的保健室老師一臉過意不去地探出頭。我將長笛從下唇拿開，道歉說：「欸嘿嘿，不好意思。」在午休練習中，一不小心就太投入了。

三月上旬，離結業式還剩兩個星期。

我一直在牢牢關上窗戶的空教室中獨自練習。

結束為期一個月的長笛課程後，一直覺得無聊的長音跟音階練習不可思議地變有趣了。我含笑望著譜架上的課本。這是在長笛教室用的書，雖然是基礎練習，但吹奏起來很愉快，旋律優美。我明白草壁老師要我到長笛教室上課的意圖了。

我用衛生紙擤鼻涕，將長笛抵在下唇與下巴間的凹陷處。

最近令人開心的事情接連發生。

新生歡迎典禮的演奏曲目中，增加了〈北方森林〉。沒錯，馬倫正式入社了。高音域的中音薩克斯風有著銳利卻溫柔的音色，同時也是充滿野性味的男性化音色，具有使管樂社現行編制下的聲樂態勢一舉改變的衝擊力。

我高中才開始學長笛，不想扯因馬倫入社而準備提高難度的眾人後腿。我能做的，就是毫不間斷每天練習。晨練、午練、社團活動跟自家練習，一天總共四次。碰到吹不出好聲音的日子，就不停練習到進入狀況為止。

好，要繼續練習了。答答、答答、答答……咚、咚咚咚？腳步聲從走廊上逼近，後頭拉門「喀啦」一聲敞開。「麻煩安靜一點。」這次換成原本在學職涯發展輔導室的幾個女生一臉嫌煩似地探頭。

「對不起……」我縮起身子。

聽著她們離去的腳步，我用衛生紙擤鼻涕。一旁的垃圾桶裡，揉成一團的衛生紙已經堆得如滿滿的爆米花。其實我想在以往的停車場或春太他們在的頂樓盡情練習，但這對患有嚴重花粉症的我而言近乎拷問。更重要的是，像今天這樣有風的戶外不適合練習，然而現在音樂教室又有馬倫在草壁老師身邊專心練習。

我在校舍中尋找獨自練習的地點，好不容易發現這間空教室，但看來也不能用了。

啊——怎麼辦……

後方拉門第三次應聲打開，我嚇了一跳。

「一年二班的穗村千夏在這裡嗎？」

學生會執行部的最高領導者站在那裡。

日野原秀一，他是全校集會時必定見到的熟面孔。

「對不起，眞的很抱歉，我馬上離開。」

我準備收譜架。

「等等、等等。」

日野原學長伸長手臂制止我。

我將長笛跟樂譜抱在胸前，惶惶然抬頭仰望這位校園獨裁者。他在講臺上口齒清晰，深受老師信賴；然而這是他表面上的模樣，私底下可是無血無淚的男人。面對文化社團不足的預算分配問題，他曾說出「反正在誤差範圍內」而試圖用抽籤決定，這種隨便的個性也並存於他的身上。

「我午休期間一直在找妳。」

日野原學長盤著胳膊，自顧自發著脾氣。他有著銳利的眼神，以及宛如獵犬般結實的體型，身高遠超過一百八十，也不會受到運動社團那些個性頑強的社員輕視。

「請問有什麼事嗎？」

「就是有事才會找妳。」

日野原學長的視線落到手表上。是DOLCE&GABBANA的表。我望向牆壁上掛的時鐘，離通知午休結束的預備鈴響還有十分鐘。

「沒時間，我長話短說。今天放學後跟我走。」

「你說得太簡短了。」

「我保證是學生會的業務。」

「爲什麼找我？」我不禁蹙眉。

「我有個無法交給學生會成員的工作。也就是說，我想特別任命穗村妳協助。」

這使得我更加懷疑地皺起眉頭。

「妳那好笑的表情是怎麼回事。」

「什麼啦！」

「我也耳聞文化祭準備期發生的結晶失竊案，是一年級的穗村漂亮解決的。妳願不願意再次動用那清晰的頭腦，爲解決這所學校的問題盡一份力？」

那件事是春太……我正要這麼說，就被日野原學長的聲音打斷。

「我不會要妳無償勞動。」

「咦？」

日野原學長突然從我手中接過樂譜端詳。

「我從管樂社的片桐那裡聽說過，穗村妳正苦苦尋找個人練習的地點。」

我陷入沈默。原因不只是花粉症或是風。像今天這種可能對旁人造成困擾的室內練習，只要做出口型、閉緊牙齒吹奏，並將重點放在指法即可。但學長笛還不滿一年，我要是做太多無聲練習，容易在正式上場時養成不良習慣。此外，我現在本來就有在家練習了，所以在校時，我決定在音色穩定前都要盡情吹出聲來。

「我可以幫妳想點辦法。」

我深怕漏聽他的話，抬起眼看他。「你剛才說什麼？」

「操場角落有個水泥造的老舊體育器材室，關緊窗戶就會搖身一變成小型隔音室。不管是在那裡吹奏、大哭還是吼叫，都不會傳到外頭。」接著日野原學長低聲補上一句：

「……就像一間單人牢房。」

「你要給我那裡的鑰匙嗎？」

「我可以用我的權限幫妳疏通使用權，用到花粉症的季節結束也沒問題。」

希望之光照亮我的臉，抱在懷裡的樂譜嘩啦啦地落到腳邊。

「妳那好笑的表情是怎麼回事，哇哈哈。」

「什麼啦！」

時間好像倒回五分鐘之前，我蹲下撿起樂譜。

「可是……這樣今天的社團活動我就得請假了吧？」

「拖到時間的話就會。全視妳的工作成果而定。」

就算這是任性的學生會長請託，但只有我一人因爲特別命令這種難以說明的理由請假，總覺得不好意思。而且我也怕落後大家。管樂社在四月有入學典禮跟新生歡迎典禮的演奏，也計畫在五月恢復定期演奏會。

日野原學長大大吐出一口氣。

「妳好好想想。只要有效活用我提供的體育器材室，今天的損失馬上就能補回來。」

「爲什麼你敢這麼說？」

「因爲妳好像進步得很快。」

日野原學長將剛才幫忙撿起的樂譜還給我，上頭用彩色筆寫得色彩繽紛又密密麻麻，全是長笛教室老師給我的指示與教導。

「……知道了。」

「很好。放學後到視聽教室集合。」

我接受這個要求後，日野原學長往外走。雖說是二年級學長，但他的每一句話都是命令口吻，有點難應付。就在我噘起唇時，日野原學長冷不防停下腳步。

「可以問個問題嗎？」

「請！」

「妳即便干擾到旁人，還是執著於獨自練習的理由是什麼？」

面對這道居高臨下的視線，我身為老百姓，只能不情不願地說出想法。說完時，我得到了意外的反應。

「還有其他理由吧？」

「咦？」

「我認為穗村妳是在鬧彆扭。」

我被踩到痛腳了。我想起耿耿於懷的問題。事實上，我光是吹長笛就得費盡全副心力，現在腦袋也還無法完全理解樂譜上寫的是什麼音。我曾請根據理論來理解這些的春太跟成島教我。那時，我低聲下氣提出請託，然而那兩人的態度讓我無法接受。「那就全部背起來啊？」「全部背起來就行了。」就算我是初學者，這回答也未免太過份。

我忍不住對和這些無關的日野原學長吐露心聲。

「上条跟成島是對的。」

「什麼？」

當我想指著他說「原來你也是敵人」時，日野原學長轉身準備離開。

「樂譜上的調子總共只有三十幾個吧？比背英文單字還簡單。」

我不斷眨眼，望著日野原學長的背影。原來是這樣……不過這個人到底是什麼來頭。

「請問，」我的聲音變了，「特別任命是指什麼？」

陰影落在回頭的日野原學長側臉上。他嘴唇扭曲，恨恨地拋下一句話：

「……發明社惹出問題了。」

放學後，日野原學長在視聽教室操作錄放影機的遙控器。

我戴著口罩坐在椅子上，望著真空管電視。

發明社。對我來說，這個存在籠罩著謎團。入學典禮後的社團聯展中完全沒聽到這名字，而他們對文化祭的執行委員工作則頻頻挑毛病，到最後都沒提供協助。一般來說這種行為會招致所有人的反感，但沒人抱怨。大家都把這個社團當棘手人物。

影片播出來後，日野原學長開始解說。

「我們學校的發明社有五位社員，三個是幽靈社員，實質上只有兩個人在活動。」

「……兩個人？」

「二年五班的萩本肇跟一年四班的萩本卓。」

「他們是兄弟嗎？」

「對。」日野原學長點頭。「他們是這所學校的恥辱。」

說得眞難聽。

我在日野原學長的催促中注視真空管電視，上頭播放地方電視台紀錄片的錄影，仔細一看是去年播出。我不禁探出身子。

「咦，怎麼回事？他們上過電視嗎？」

「去年我們學生上過電視的，只有晉級到全國大會的田徑社選手，還有這兩個傢伙。」

畫面上的字幕出現「機器人・合鴨」。日野原學長說明：

「無農藥米有一種栽培方式叫合鴨農法，農夫會將合鴨放入水田，讓鴨子吃掉害蟲或除草。當合鴨四處游動就會將氧氣送進泥土中，還會把水弄濁，阻隔日光，使雜草不易生長，有很多好處。」

「這樣啊。」我又學到了一課。

「但合鴨有許多天敵，尤其是幼年合鴨會被烏鴉當成獵物，要實際運用非常困難。所以岐阜縣資訊科技研究所開發出的機器合鴨，成了全國性的新聞。」

畫面中，水田邊有縫著名牌的高中生在調整自製機器人，看起來像藝人的女性採訪記者拿著麥克風依序訪問。

「等一下要做什麼？」

「地方電視台跟農會雙方聯合起來，模仿機器合鴨的概念舉辦比賽。他們既可以拿走五專跟普通高中學生一心一意做出來的努力成果，也能特寫農家的眞實生活，還能以紀錄片形式拍攝廉價的感動，這是個一魚三吃的企劃。」

「怎麼說成這樣……」

畫面上拍到穿著工作服的怪異兄弟。我在爸爸書架上的漫畫《巨人之星》文庫本中，看過相似的角色。啊，我想起來了，是一個叫左門豐作的強打，矮子左門豐作。而且還像複製人一樣有兩人。

「他們就是萩本兄弟。」

「果然。」

我莫名區分得出哥哥跟弟弟。只見麥克風遞到眼前，但萩本兄弟並未宣傳自己的主張，而是鬼鬼祟祟地轉身背對。在記者眼中，他們八成是一點也不可愛的採訪對象。麥克風馬上轉向其他神色溫順的學生。

此刻，我才注意到影片是直播。

比賽開始時，各高中造型獨特的機器合鴨在水田中疾奔。但接下來因遙控器的操作失誤翻倒、動彈不得的機器人陸續出現。

「想讓機器人在水田中自由自在活動並不簡單。防水措施、馬達輸出功率的選擇、負載慣性比的計算與平衡調整都非常困難。」

如同日野原學長所說，比賽還不到十分鐘，就陷入不可能繼續的狀況。

「這種事電視台也是事前就明白了。妳看看這個誇張的表情。」

女性記者帶著喜孜孜的表情，將麥克風塞到那群高中生眼前。她看起來真的很高興。高中生含著淚水說：「這個機器人會傳承給學弟妹，讓他們繼續改良。」觀眾向他們送去溫情的掌聲與聲援。原來如此，是這樣的腳本。

直播即將順利結束時，事情發生了。

會場忽然響起尖叫聲。旁觀的孩子們開始哭叫。滑也似地在田園間疾奔的多關節機器人現身。正牌合鴨四處逃竄。有著奇妙條紋花色的蛇在水田中疾竄。不知何時，一群烏鴉嘎嘎叫著聚集在上空。這個不祥的景象幾近造成播放事故。

日野原學長發出彷彿隨時都會哭出來的聲音。

「……參賽規定用形似合鴨的機器人，但萩本兄弟偷偷把這個帶來了。他們似乎打從一開始就打算用蛇型機器人決勝負。」

「那不是蛇，是海蛇。」紀錄片中的萩本兄說著歪理。「根本沒必要跟合鴨共存！」而萩本弟負責操作。遙控器按鈕一被按下，機器海蛇就像鯨魚般在水田中跳躍。

「集中注意力！」萩本兄大喊。

鏡頭慌忙切回攝影棚內。主持人一直用手帕擦拭額頭的汗水。

「順帶一提，聽說有烏鴉及時叼走在水田裡蹦跳的機器海蛇，不知道遠遠地飛到哪裡去了。」

接著，日野原學長手中依舊拿著遙控器，但整個人就此跪伏在地。

「……拜託，來個人設法讓他們退學。」

我關掉電視跟錄放影機的電源，收拾東西準備回去。

「喂，給我等等，妳要去哪裡？在戰場前逃亡可是會被判死刑的。」

「哪來的戰場。我才不要、不要！為什麼腦子有問題的人老是聚集到我身邊！」

「等一下、等一下，冷靜點。來，深深吸一口氣。」日野原學長按著我的雙肩，硬是讓我坐回椅子上。「我還沒告訴妳特別命令的內容。」

「……我已經想回去了。」我眼中含淚。

日野原學長兩手拿著教鞭，站在視聽教室的講臺上。搭上昏暗視聽教室的氣氛，他像間諜電影中指示情報人員的長官。

「好，看了剛才的影片，妳對發明社有沒有什麼感想？」

我別過頭沈默著。

「唉呀唉呀，妳這種不合作的態度，事情會拖到明天哦。」

我認眞思考起來。「……我覺得技術水準超乎尋常。」

「哪一點？」

「烏鴉叼著飛走的這一點。」

日野原學長正面注視著我。「沒錯，就是這點。輕量化。用小零件製造多關節，機器人就算大角度轉彎也不會翻倒，可以均勻翻攪泥土，而這用一個小型馬達就能達成。雖然違背節目主題，他們的創造物卻是合理的發明。不愧是穗村，著眼點跟其他學生不同。」

「不，沒那麼了不起。」

雖然是過度解釋，不過還好沒讓日野原學長失望，我鬆口氣。

「下一個問題。妳覺得他們會面臨什麼問題？」

我本來想說社團存續，但又住嘴。他們大概不會把這點放在心上，才會沒拉新生入社，也沒幫忙擔任文化祭的執行委員。只要有讓兄弟一起發明東西的地方，不管哪裡都行。既然如此，我想到的問題只有一個。

「資金來源嗎？」

日野原學長一臉滿意地點頭。「他們那種水準的發明很花錢。發明社的年度月預算是最低的五千圓，跟管樂社不同，他們也沒通過追加預算。」

還眞慘。

「所以萩本兄弟一直都是打工籌措社團的營運費用。他們完全不幫忙文化祭，因爲他們在鹹麵包工廠短期打工。那個期間，福利社的炒麵麵包就是萩本兄弟做的，聽說他們會多放一點肉。」

我吃過。裡頭不知爲何還放了調味肋排，大家都很詫異。

「這不是挺可愛嗎？」

「算是。雖然性格跟思考有問題，不過那對兄弟在學校生活中，也會以自己的方式爲人著想。至於有些缺乏團體協調性的部分，我本來可以睜一隻眼閉一隻眼。」

「本來？」我心下疑惑。

「這是過去式了。」

「他們做了無可饒恕的事嗎？」

「對，他們大幅偏離社團活動的基本理念，涉及發明品的個人買賣。他們在學校網站的留言板暗中販售，僅限學生購買，交易金額是一個一萬圓。」

「一萬圓？」

「這足以判處停學。因爲學生會成員比校方先發現，才沒讓事情浮上檯面。結果萩本兄弟在我面前下跪道歉。他們當時的哭臉醜得要命，我當下不禁覺得他們把錢還給購買的學生，彼此都可以當成沒發生過，僅限一次，幫他們暗中了結。」

他又說得這麼難聽。不過我目瞪口呆時也感到敬佩。高中生的發明獲得正當評價，又貼上一萬圓的標價。豈不是很了不起嗎？

「那東西叫回憶枕。」

「回憶……枕……？」

「是個可以事前操作，讓當事人夢到想做的夢的魔法枕頭。」

我震驚地後退一步。又不是神棍詐騙或邪教團體的怪壺，竟然有學生為這種東西付一萬圓！買賣雙方都很有問題。

「……這的確無可饒恕呢，一個不好就會變成詐欺事件。」

「妳這麼認為嗎？」

日野原學長的意外反應讓我一愣。我不禁在椅子上坐正。

「什麼意思？」

「知道回憶枕的箇中道理後，妳會大吃一驚的。購買學生有兩人。至少有兩個人能夠……信服而買下這個商品。這問題比妳想像得更嚴重。」

我屏住氣息。日野原學長走下講臺，單手提起我的隨身物品。

「走，我們到發明社的社辦。」

2

我們抵達分配到舊校舍一樓的文化社團社辦，我這才知道平時鎖著掛鎖的教室就是發明社的窩。日野原學長敲敲拉門。無人回應。「我們進去嘍。」說著，他踏進教室，我也緊張地跟在後頭。萩本兄弟不在。

牆上掛著格拉漢姆．貝爾（Graham Bell）的肖像。

「他們不認可愛迪生。」

日野原學長說，而我滿心都是盡早離開的強烈衝動。

我環顧社辦。螺絲起子、電纜跟烙鐵。在男生工藝課課本上刊載的工具類、看起來像發明道具的新奇物品都整整齊齊收在櫃子裡。書也很多，從《電路到機器語言》、《戰爭與和平》、《生化武器的大罪》到《世界超常現象》的書名都有。

「我還在讀小學時，」日野原學長忽然說起往事，「曾跟萩本兄同班。他有那種怪怪氣質的長相，時常遭人嘲笑。但一路走來都被嘲弄的人，反而越不容易被打倒。跟我這種和結果主義跟完美主義成長的人相比，他的生命力不一樣。未來的成長性明顯是他更優秀。」

我轉頭望向日野原學長。說了這麼多，原來他還是承認萩本兄的才能。此外，他也具備坦率接受自己欠缺事物的老實性格。

大約五分鐘後，社辦的拉門敞開了。

來者是穿工作服的萩本兄弟。他們一看見日野原學長的身影，就迅速地以宛若打棒球時朝本壘頭部滑壘的來勢，在日野原學長腳邊撲通地跪下磕頭。

「噫，是我們錯了。」

「請、請原諒我們！」

「別靠近、別過來！你們這群沒夢想也沒希望的螻蟻！」

剛才那個詞是什麼意思？我不禁思考起來。回過神時，我的視線跟抬起眼的萩本兄弟對上了。他們對第一次見到的我頷首打招呼。接著，他們彷彿會問一句「太爺～敢問旁邊那位黃花閨女爲何人？」似地，對日野原學長送去令人噁心、態度卑微的目光。

「她是一年二班的穗村千夏，爲了解決你們這兩個噁心鬼惹出的問題，她會提供協助。按理說，她可是無論你們投胎轉世多少次，都沒有機會聽她說一句話的才女。」

我連忙搖頭，但萩本兄弟將額頭抵到地上。「這樣啊——」

「等、等一下，好嗎？讓我整理一下狀況。你們把自己創造出的發明賣給這所學校的學生，這裡我還搞得懂，可是不是告訴對方原因，再還錢就解決了嗎？如果立場相反也就算了，現在有什麼問題嗎？」

「因爲是匿名買賣。」日野原學長回答。

「……匿名？」我問。

「不好意思，有件事要向會長報告。」萩本弟小心翼翼地插嘴。「我們找到其中一位買主了。」

「什麼？」

「對方暱稱『沙漠之兔』，他剛用暗號詢問關於產品的問題。我們聯絡時謊稱產品故障，對方應該很快就會到這間社辦。」

總覺得很麻煩。

「那再找出另一個人的身分並還錢，這問題就能搓掉——更正，順利解決了。」

「是哦。」

聽到我隨便的回應，日野原學長轉頭看我。

「穗村，妳對他們販賣的東西有何想法？」

呃，可以事前操作，讓當事人夢到想做的夢的魔法枕頭——

「感覺像哆拉Ａ夢的祕密道具一樣珍奇的物品？」

日野原學長看著我嘆口氣，俯視仍跪在地上的萩本兄弟。

「喂，簡單易懂地向她說明一下你們開發的回憶枕，這樣比較快。」

萩本兄弟面面相覷。兩人的目光都游移了一下。

「哥、哥哥你來做簡報。」

「咦，我……」

「這不是好機會嗎？這個發明總有一天會呈現在世人眼前，只要想像這是在學會上發表就好了。」

「卓，你……」

「給我快點！」日野原學長毫不留情地踹了兩人。

萩本兄身爲發表人，萩本弟則爲共同發表人的形式，兩人站到白板前。日野原學長坐在折疊椅上，做出準備靜靜聆聽的姿勢。

萩本兄雙手放在身後，眼睛閉著。看起來像苦思該如何整理重點，也像純粹在擺架子。不久，他瞇眼望向天花板。日野原學長顯現出焦躁態度時，萩本兄終於鄭重開口：

「人類的一生中，有超過三分之一的時間耗費於睡眠。」

簡報開始。

「睡覺時，我們會夢到各式各樣的夢。夢的世界中不存在必然，龐大的夢境是受到巧合支配。換言之，人類唯一無法以自己的力量管理的時間，就是夢的時間。所以，要是有可以事前操作，讓人夢到想做的夢的枕頭，那會是多麼美好呢？我們成功開發的回憶枕，就是將『曾在現實中發生的回憶』在夢中重現的枕頭。好比說初戀，或是青春的一頁，裝著這些寶物的回憶抽屜，只要透過這個枕頭就可以在夢中自由打開。而我們具有高中生特有的柔軟創造力，以及任何問題都用未成年身份逃脫的不屈意志，最終開發成功。」

用未成年身份逃脫的不屈意志……我替他們感到害臊、不禁緊抓著大腿低下頭。

「穗村，認眞聽。」日野原學長小聲警告。

「這算什麼嘛。」我悄聲說。

「這是經手第三者的夢境操作。只能在科幻小說中看到的怪物級發明，被高中生的他們做出來了。」

我還以訝異的神情，百般無奈下只得繼續聽萩本兄的說明，此時走廊上傳來奔跑的腳步聲。日野原學長輕聲說：

「哼，看來是其中一名買家。這樣演員都到齊了。」

那個人會是哪來的笨蛋？我注視著社辦拉門。拉門以猛得幾乎毀損的力道敞開，一名將枕頭抱在腋下的男學生滿臉怒色地衝進來。

「這是瑕疵品？之前沒聽你們說過啊！」

他是春太。

我從椅子上滑落。

「你這個管樂社之恥！」

我用力拽著春太的領口搖晃。他宛如花梗彎折輕晃的向日葵，一顆頭正前後晃動。即便如此，他還是沒放開枕頭。

「爲什麼小千在這——」

「把炸彈拿來，我要殺了你再自殺！」

「冷靜、冷靜！」

我的鼻水忽然流出來，噴嚏打個不停。抗過敏藥的藥效過了。我跪下來用衛生紙擤鼻涕，慌忙想伸手拿書包，此時萩本兄的手掌伸到我面前，掌心放著一顆可疑的藥丸。

「這是我們開發的特效藥。」

也就是有什麼後果都不奇怪是吧。我拍開他，從書包裡拿出藥放在掌心，直接丟進嘴裡咕嘟一聲吞下去。在我尋找新口罩的期間，日野原學長向春太簡單交代源由。

「……原來是這樣。」抱著枕頭的春太點頭。

「上条也願意幫忙嗎？」日野原學長問。

「如果我能發揮什麼用的話。」兩人握手。

「你還在？快把枕頭丟進焚化爐燒掉，拿著一萬圓鈔票滾回去！」

毫無反省之意的春太拉了張椅子過來。

「小千，他們的發明很厲害。妳聽過詳細說明了嗎？」

萩本兄弟在白板前不知所措。不管是日野原學長還是春太，我以外的所有人在我眼中都成了敵人。

我一人激動不已，而加入春太的簡報會議再度開始。

「好的，各位，說明在夢中重現使用者回憶的方法前，我要在此否定逐漸成爲學說的

lucid dream，也就是清醒夢（註）。清醒夢的存在可能是我們的錯覺，夢中事其實根本是我們還清醒時發生的事。比方說，我們認爲，人睡前有時會想到喜歡的人吧？大家應該是把這種妄想誤認成在作夢了。我們查過種種文獻後，斷定清醒夢學說還沒完整到可以採信的階段。而且——這一點都不好玩。」

「你剛才說出眞心話了！」我從椅子上跳起來指謫。

「……好啦好啦，穗村，就聽到最後嘛。」日野原學長安撫我。

「……是啊。小千，驚人的在後頭。」春太神情爽朗。

我不情不願地坐回椅子，萩本兄清清嗓子繼續說：

「此外，當事人只要持續練習操作記憶，就可以作清醒夢，不需要第三者介入。但如果要發明東西，這東西要可以縮短寶貴的時間。換句話說就是用起來順手方便，所以我們不採納清醒夢的原理。」

春太鼓掌，日野原學長則深深點頭。男生都這樣嗎？

「哥哥……」萩本弟竊竊私語。

註：清醒夢是一九一三年時由荷蘭醫生Frederick Van Eeden提出的名詞，意指在睡眠狀態中，意識依然保持清醒。在這種狀態下，人能夠在夢中擁有清晰的思考能力和記憶力，部份的人甚至可以感覺到夢境真實得如同現實，但也知道自己正在作夢，有時甚至可以直接控制夢的內容。

「怎麼了，卓？」

「簡報要用開頭三分鐘決勝負。有個人好像快跟不上了。」

萩本哥朝我一瞄。咦？我嗎？

「其實，想買我們開發的回憶枕需先經過一個階段，所以一定要匿名。購買前，對方須向發明社提出叫做『回憶申請』的三個關鍵字。」

「……回憶申請？」

我被這個奇特的字眼吸引住。

「對，買家要申請回憶。」

「什麼嘛，非得把這種私密事告訴發明社嗎？」我好像明白枕頭的關鍵裝置了。「反正肯定是把影片或錄音做得像劇情紀錄片，手法就像睡眠學習那樣吧？」

我忽然意識到，春太會爲這種東西付一萬圓嗎？

不出所料，萩本兄聳聳肩。「睡眠學習那種不科學的做法，我們發明社不可能認可。」接著他伸進工作服內側，拿出一個茶色信封袋。

「這是什麼？」

「回憶申請的範例。現在特別允許你們看裡面的內容。」

我像拿到壓歲錢的小學生一樣，把茶色信封袋倒過來抖了抖，裡頭掉出一張筆記本紙張大小的紙片。日野原學長跟春太從旁看過來。

・白：7

・粉紅：2

・藍：1

上頭竟然寫著三種顏色和色彩的比例。要怎麼運用這玩意在夢中重現回憶？

這時，萩本兄一拍白板地宣布：

「這次發明的關鍵構想，就是用三種顏色控制夢境！」

「在那邊皺眉的妳。」

我突然被萩本兄的教鞭指到。又是我？

「妳知道『臨終搖米』這個詞嗎？」

突如其來的問題讓我有些驚慌。我沒聽過，於是搖搖頭。

「以前吃不到米的百姓在臨終前，會請人在耳邊搖動裝著米的竹筒。這是一種習俗。這樣一來，據說百姓就能心滿意足地死去。」

「喔……」

「住在美國喀拉哈里沙漠的布希曼人會在土地挖洞，睡覺時將耳朵放進洞裡，這樣就能隨時靠聲音察覺危險。此外，也有患者陷入好幾年的昏睡狀態，都沒有醒來，最後靠著血親的呼喚甦醒的案例。我想強調，在半清醒狀態——也就是做夢的快速動眼期，聽覺在五感之中特別活躍。」

「就是鬧鐘的原理吧？」春太舉手發言。

「對，利用了人類的防衛本能。」

「這個人就算用三個鬧鐘也醒不過來。」春太指向我。

「這相當不妙，她在野生叢林中會活不下去。」

完全不知道他們在說什麼。

我也舉手發問：「然後呢，聽覺跟三個顏色有什麼關係？」

「妳做過有顏色的夢嗎？」我反而被萩本兄問問題。

「……有是有。」

「夢境，在學說中是黑白世界。請妳想想。顏色是因爲光的反射才能重現。就算夢到有顏色的夢，那也是記憶中的顏色，事後才加上的。」

萩本兄沒有錯失我臉上閃過困惑。

「也就是說，妳會用記憶的調色盤爲原本黑白的夢境著色。如果有人夢裡沒有色彩，就表示在快速動眼期中，那人的腦部活動並不活躍。這多半發生在身心疲勞的時候。」

原來如此。

「此外，有生以來一次都沒看過紅色的人，絕不會夢到有紅色的夢。」

嗯嗯。

「用得到記憶調色盤的，從頭到尾只有快速動眼期中的本人。但只要運用一個方法，第三者就可以操作記憶調色盤，強制塗改夢中的顏色。」

「……只要用一個方法？」這是賣關子的慣用句。

「只要用一個方法。」萩本兄鐵了心要引我發問。

這時候就忍耐配合一下吧。「睡覺時，在耳邊小聲說出顏色的名字……這樣嗎？」

萩本兄噗哧一聲，他忍著笑意。

「人類在快速動眼期時，是認知到聲響而非言語。假設聽得見好了，睡著的人要是叫律該怎麼辦？他說不定聽到綠就會醒過來哦。」

他壓抑的笑聲變成了「噗哈哈」的大笑。

我慢慢從椅子上起身。察覺到危險的萩本弟拿來捲起的模造紙，準備貼到白板上。萩本兄按捺住動搖的心情，繼續說明：

「我接、接下來想說明『色聽』。這是一種透過聽覺刺激，讓人聯想到特定顏色的現象。這跟管樂社也有關，坐在那邊的上条顯然很感興趣。」

「咦？」

我不禁望向春太。抱臂坐著的春太眼神變得很銳利。

「我舉個例子。你聽過影評人水野晴郎擔任解說的『週五特映會』嗎？沒聽過的話，可以問爸爸媽媽。節目開頭有段用晚霞中的港口當背景，播放小號獨奏的橋段，非常令人印象深刻。那個小號旋律就是朱紅色，引人聯想到帶著愁思的紅色印象，跟晚霞的場景很搭。再舉另一個例子：一九四〇年的迪士尼動畫有部叫《幻想曲》的作品。這部劃時代的作品基本上沒有故事情節，而用古典音樂搭配色彩豐富的動畫組合而成，稱爲結合色彩與音樂的最高傑作也不爲過。貝多芬交響曲——F大調第六號交響曲《田園》在這部動畫中精妙地轉變成充滿色彩的力作，給人最深刻的印象。」

眞的嗎？——我對身旁的春太耳語。

沒看過的話，最好去看一次——春太小聲回答。

「更進一步說明好了。日文中有『黃色的聲音』這個比喻。因爲部分女性特有的中高嗓音用音符來形容的話，相當於Ｌａ的音，這會讓人聯想到黃色。其實從一九〇〇年開始，色聽就被廣爲研究，最後大致在統計學中確立起法則。」

此時，萩本弟將模造紙貼在銀幕的替代品——白板上。

Ｄｏ　……紅色

Ｄｏ＃……紫色

Ｒｅ　……紫羅蘭色

Re#……深藍色
Mi……金黃色（太陽般的顏色）
Fa……粉紅色
Fa#……藍綠色
Sol……藍色
Sol#……亮天藍色
La……清澈的黃色
La#……橙色
Si……鮮明的古銅色

「這裡之外的低音、高音域、和弦組合，也會使顏色產生變化。這裡面當然會有個人差異，不過基本上視爲多數人共通的感受。」

我凝視著模造紙上標出的音階，籠罩在眼前的霧氣突然散去。

「……你們的發明難道是——」

「妳猜得沒錯。」萩本兄咧嘴一笑。「不是用記憶或時間序列，而是用與回憶有關的『顏色』勾出過去的回憶。根據實驗結果，我們的結論是——快速動眼期時，腦部能處理的聲音以三個音爲極限。」

「……三個音？」

「對，就是僅限『用三個顏色重現的回憶』。理由有兩個。關於第一點，如果是玩過電視遊戲、任天堂紅白機長大的那代大人，想必更容易想像。靠三個顏色，加上調整比例，意外就描繪得出具體的畫面；第二個理由是防止客人不滿。若是複雜的回憶，顏色數量也會增加。這樣一來，快速動眼期時，傳達給腦部的聲音就會變複雜，聯想到回憶的困難度也會因人而增。更重要的是，受到三種顏色的條件限制，使用者才會認眞回想，考慮選哪個回憶，對吧？這個過程很重要。」

這時，第二張模造紙貼了上去。

〈例題〉想在夢中重現，自己和初戀對象在櫻花季相遇的回憶。

「這種情況不能用粉紅色表現櫻花。只要仔細看就會發現，櫻花是用白色當基調的淡粉紅。畫過櫻花就知道，幾乎都是用白色顏料。假如當時的初戀對象穿藍色衣服，要簡單表現出回憶畫面的話——」

・白…　7
・粉紅　…　2

・藍…… 1

「就會變成這樣的回憶申請。九成的櫻花景象，與一成的藍色。如果回憶在心上烙下的痕跡夠深刻，這三種顏色和比例就足以成爲觸媒，讓人在夢中勾出聯想。夢中的顏色也會一口氣改變。妳可以想像成舞臺劇中更換布景的瞬間。」

萩本兄在默默屏息的我掌心上，放下一個小小的電路板。

「這個電路板會放出根據回憶申請特製的搖籃曲。」

「搖籃曲……」

「我們選用不會讓使用者醒過來的微弱音樂盒音色。只要藏在枕頭裡的壓力感應器啓動，就會配合人的快速動眼期播放音樂。關於顏色與聲音的關連性，我們反覆進行過臨床實驗，現在導入和弦與獨門混合配方，也能對應各種色彩與濃淡。」

我抬起頭，敬佩地注視著萩本兄。

「只要妳擁有美好的回憶以及回憶枕，睡眠將是妳此生最期待之事。」

我宛如夢遊症患者一般連連點頭。

「收您一萬圓就好。」

這時，日野原學長側踢像蒼蠅振翅一樣搓著手的萩本兄。

「哪來的臨床實驗。明明就是你們滿心盡早拿到錢，跟妹妹一起做出的三人結論。」

我看著萩本兄弟在講臺上像漢堡般摔在一起，猛然回過神。

「眞的嗎？」

「眞的。如果要當成商品販售，至少得做過一千次的臨床實驗。」

我對從剛才開始就沒什麼反應的春太感到疑惑。

「……你是早就知道這些事才買嗎？」

「是啊。色聽的比對表就如同第一張模造紙所示，早就整理出來了。他們的構想花一萬圓買都算便宜。」

「上条，你申請了什麼回憶？」

聽到日野原學長興味十足的問題，春太將手伸進制服口袋。

我拉拉準備將紙片遞過去的春太袖子。

「欸，春太，這東西拿給別人看沒關係嗎？」

「沒問題的，反正也看不出什麼。」

春太指定的回憶如下：

・橙色（晩霞色）　…　3
・米色…　6
・苔綠色　…　1

「嗯。完全看不懂。」日野原學長側過頭。

「這代表我第一次吃到的營養午餐，是加了豌豆的肉醬義大利麵。」春太轉向暮色遲遲未臨的窗邊，遙望著遠方。

我發出「嘖」的一聲。

我想起跟春太第一次見到草壁老師的地點。那是裝修中的新校舍。在米色牆壁環繞的空教室中，沒有參加入學典禮的老師沐浴在落日餘暉中，獨自佇立在那裡。當時草壁老師穿著苔綠色的毛衣。這是我印象非常深刻、十分重要的回憶情景之一。

……等等。

「每晚讓老師在夢裡登場，你是想做什麼？」

我用日野原學長聽不到的音量小聲說，而春太緊緊抱住枕頭並低下頭。那噁心的模樣讓我全身起雞皮疙瘩。

「我要買一個枕頭！我也要在夢裡參戰！」

「妳怎麼搞的，穗村，突然說這種話。」日野原學長露出詫異的表情。「枕頭已經買不到了。」

「不管、我不管，再不快點，他會在夢裡被玷汙！」

日野原學長從後方架住跟春太拉扯著枕頭的我。

「冷靜下來，穗村。妳忘記特別命令了嗎？」

「……特別命令？」

「要找出另一個買家，暫停回憶枕商品化。反正上条的枕頭也要退還了。」

「怎麼這樣！」春太一臉失望。「這可是我春假裡唯一的樂趣。」

「上条，等你畢業後自己賺錢，在彼此都能負責任的立場再買完全版就行了。」

我總算嚥下紊亂的呼吸，轉頭看日野原學長。「有線索嗎？」

「我這邊有發明社這些人接過的回憶申請。」

「上頭有標明哪三個顏色？」

「嗯，差不多有啦。」不知爲何，日野原學長語帶含糊。「他們說對方是以預付一萬圓的方式申請。」

「……預付？」

日野原學長使了個眼色，萩本兄拿出麥克筆。他在白色模造紙上寫了幾個字，然後貼到白板上。萩本兄說：

「這就是讓我們束手無策的另一位買家的回憶申請。」

・象息　…　10

・（無）

‧（無）

我跟春太都睜大眼睛注視著上頭的字。

象息……？

「這是色彩辭典上有記載，但到現在都還不明的神祕顏色。這是沒人看過的顏色，根本無法重現。」

萩本兄帶著苦惱的表情吐出這句話，日野原學長接著說下去：

「但買家看過。對方重要的回憶，全都染上了象息這一色彩——」

我在等待這段話的後續時，緊張地吞吞口水，內心浮現不祥的預感。

「這就是特別命令。妳能不能解開這個謎團，找出那位買家？」

3

世界上最具權威的色名辭典，是麥爾茲與保羅在一九三〇年發行的初版《色彩辭典》。這本色名辭典收錄七千色以上精巧印刷的顏色範本、約四千種色名，現在仍無匹敵者。「象息」約在一八八四年留下記錄。麥爾茲與保羅的色彩辭典提及，這是樣貌完全不明的顏色。

「……誰知道大象的呼吸是什麼顏色。」

轉頭不再看白板的我總算活過來似地說。思考超過百年以前，怪人想像出來的大象呼吸是什麼顏色，根本是浪費時間。

「如果是妳，一定找得到真相。」日野原學長自信滿滿地說。「大概吧，大概一定可以。」結果他又不負責任地作結。

我覺得好像要開始偏頭痛了。

「……關於呼吸的顏色，日文裡好像有個青色什麼什麼的詞。」

「妳說青息吐息（註）嗎？」日野原學長閉上眼睛。「就是這個！」他猛然睜眼。「我們要盤問全校學生，一一調查有沒有人的呼吸是青色的。」

拜託來個人阻止他吧。

我以青息吐息的心境看向發明社的兩人。「說起來，你們已經收一萬圓的預付款了，應該有辦法跟買家接觸吧？對方網路暱稱是什麼？也有電子信箱吧？」

萩本兄深深嘆氣，回我一張苦瓜臉。「無論是誰，用過網路必留下痕跡。若有紀錄，理論上就能夠追蹤到天涯海角。」

「那就追到天涯海角啊。」我說得不負責任。

「對方是個高手。」萩本兄的眼睛亮了起來。

「……高手？」

「匿名專家，匿名之王。對方相當精通電腦與網路，因此打從一開始就採取乾淨溜溜，斷絕足跡的手段。」

我稍微倒抽一口氣。

「難道那種彷彿會出現在好萊塢電影的高明駭客，就隱身在我們學校的學生中？」

「這是最初的試探。」萩本兄從工作服口袋拿出一張紙。那是回憶枕的申請書。內容由報紙頭條剪貼而成，如同一封恐嚇信。

……蠢斃了。這所學校裡全是一群蠢蛋。

我開始準備回家，抱著枕頭的春太卻興味盎然地望著那張紙。

「原來如此。這是世界上最安全、最不會暴露身份的聯絡手段。」

「什麼——！」

「的確是這樣。」日野原學長附和。「聽說被美國盯上的大型恐怖組織聯絡網，其實就像國中女生一樣，靠從信紙撕下來的紙片傳遞訊息。」

「等等、等等。」我也得快點加入對話才行。我一步步逼近萩本兄。「那你們怎麼收那一萬圓的？」

「通常是由發明社設置的特製捐款箱，不過這筆錢是跟申請書一起塞在社辦的拉門下。我們將收據塞在同樣地方，隔天就被抽走了。」

註：意指因困難、憂愁或痛苦而發出的嘆息，或形容這種狀態。

「就跟餵食野生動物一樣好玩呢，哥哥。」萩本弟說。

我煩得想抱住頭。

萩本兄也露出困擾的表情。「問題是，對方頻頻催我們回憶枕的製作進度，而且同樣用剪貼信。」

這也挺讓人不舒服的。

「我們明明就還在爲象息煩惱呢，哥哥。」

「眞的，害我們不得不哭著買下色彩辭典。這英文版就要三萬圓，眞是屋漏偏逢連夜雨，我們虧了一大筆錢。」

萩本弟從櫃子裡拿來大部頭的厚重辭典。「根據紀錄，象息出現的八年後，象綠出現了，四十四年後則有象膚這個顏色登場。」

他在我們面前翻開書頁，秀出顏色範本。

象綠是暗綠色。

象膚是帶著茶色的灰色。

「哦。」一起低頭細看的春太開口。「這是狩獵大象的獵人衣服顏色，跟大象表皮的顏色嗎？在這個時期，盜獵象牙大概很盛行。」

「你覺得象息和這有關嗎？」日野原學長斜著眼問。

「沒有。」春太馬上回答。「狩獵大象僅是爲了象牙。我也想過是不是跟青息吐息類似，但時序不合。」

象息。沒人見過的顏色……

同時，付了預付款的匿名買家也沒人見過。謎團好像越來越深了。

我問萩本兄：「欸，聯絡是單向的嗎？」

「我們用學校網站的留言板聯絡對方。」

「眞奇怪——」依然抱著枕頭的春太插嘴。「如此堅持匿名的理由是什麼？」

萩本兄點頭。「不得已之下，我們在社辦前設置了防盜用監視器。」

白板用磁鐵貼上兩張照片。

現在這裡好像刑事劇的辦案會議室，令人興奮。兩張照片都是昏暗模糊的畫面。第一張拍到一個嬌小的女學生，看起來宛如嘶吼著威嚇人的貓。大概是用了閃光燈，有紅眼現象產生；第二張是同一個女學生飛快逃跑的背影。

她就像眞正的野生動物、或者是品種珍貴的密林動物。

我突然注意到她肩上背著大箱子，那是樂器箱。我不禁望向日野原學長，好像明白他託付我這項特別命令的眞正意圖了。

爲了回應他的期待，我再度仔細察看。從前端稍微收窄的形狀，可以看出是管樂器。

「以小號來說好像有點大……」我說。

「這是銅管樂器的箱子。從這個大小來看，好像是長號。」春太低喃。

萩本兄補充說明：「攝影時間是第四節課的上課期間。剪貼信塞在以往的位置，不過仍然是在催促製作進度。」

「——怎麼樣?」日野原學長看著我和春太。「有這些特徵的女學生並不在管樂社內。你們有頭緒嗎?」

我跟春太互看,結論就是沒有頭緒。社裡只有兩個長號演奏者,因此我們正對人才如飢似渴。要是有頭緒,早就去邀她了。

見我們搖著頭回答,日野原學長有些喪氣。

「這是在上課期間拍到的,表示她可能是即將畢業、自由到校的三年級生……」

這句話讓我也灰心起來。這表示她下個月就會離校。

「三年級生啊。我有興趣了。」春太的反應不同。「有沒有辦法把她找出來?好比說在學校網站的留言板上留言:已知象息的顏色,現在需要您的協助,懇請盡速聯絡——諸如此類。」

「她會因為這種說法上鉤嗎?」我在春太耳邊悄聲問。

「她其實是想知道象息是什麼顏色。如果她知道,照理說就不該為難發明社這兩人,她會改用易懂的其他顏色申請回憶。」

「原來如此,有道理。」日野原學長盤起胳膊輕聲嘟噥。

「用到稍嫌粗暴的手段也沒關係。我覺得在她的存在演變成問題前,先抓到她比較好。」

聽到春太的忠告,日野原學長偏過頭凝視照片。他好像發現了什麼。

「……或許是這樣沒錯。喂,發明社的。」

「是！」萩本兄弟跳起來，感覺就像平時做過一大堆虧心事似的。

「三十秒內想出抓住她的點子。」

可憐的萩本兄弟在社辦裡跑來跑去。萩本兄打開貼著「申請專利中」標籤的置物櫃，從中拿出呈U字形、約兩公尺長的鋁棒。這鋁棒設計成，握住抓握處，U字形部分就會像伸縮怪手一樣張闔。我在時代劇逮捕犯人的橋段中看過類似器具。

「這是按學生會訂單製作的現代版刺叉，請看。」

我瞪著轉向窗外吹起口哨的日野原學長一眼。真搞不懂這個人在想什麼。

接著，萩本兄拿出巨大模型槍。約擴音器那麼大，槍口直徑有二十公分。

「這是萩本式捕捉網。」萩本弟自豪地說。

我大概猜得到是什麼，想來是槍口會射出捕捉用的網子。

「這不需要槍枝執照，而且萩本式網子也改用柔軟的塑膠繩。」

「柔軟的塑膠繩？」春太皺起眉頭，對這個詞做出反應。

「這就不會有害對方受傷的疑慮。」

「……好，我准了，試試看吧。」

日野原學長發出指示，萩本兄弟對彼此點點頭。

隔天，第五節課快結束時，日野原學長傳了封郵件到我的手機。

聽說他們非常輕易地就用萩本式捕捉網抓住她了。反省會跟掃除結束後，我跟春太連忙趕往發明社的社辦。

滿臉是抓傷的萩本兄弟像沒用的看門人一樣站在社辦前。我戰戰兢兢地拉開門，只見日野原學長緊貼在牆上，刺叉卡著他的脖子。拿著刺叉的是頭髮綁成兩束的嬌小女學生，她重重喘息。

日野原學長被自己下訂的器具逼上了絕路。原來如此，是要這樣用啊。

——眞是驚人的慘案現場。

「對女生說謊，還做出這麼過分的事，眞是爛透了！我要告你們！」她大喊。

仔細一看，塑膠繩緊纏在她的制服上。

「妳這個無關人士先入侵校內，還說這什麼話！」日野原學長也不認輸地回嘴。

「我又沒關係，反正下個月就會進入這所學校了。」

她的制服是全新的，原來她是新入學的一年級生。偷跑進來的新一年級生……

「這是歪理。給我退下，妳這個國中生！」

「喝！」

她一握刺叉的抓握處，日野原學長就發出「呃啊啊」的聲音，痛苦地扭動著身軀。

這一切都蠢得沒藥救。

默默旁觀的春太嘆口氣，他從後方溫柔地碰了碰她的肩膀。

「……我爲這種強硬做法向妳道歉，也爲傷害妳的事致歉。希望妳原諒我們。」

女孩轉過頭，她吃驚地睜大眼睛。說來很不甘心，不過對一般女生來說，沒有比第一次見到的春太更會留下好印象的人了。注視著他細緻柔軟的髮絲、纖長睫毛與雙眼皮，還有電視上才看得到的端正且中性的面容，她的臉一下子紅起來。等她得知隱藏在那一層皮下的邪惡本性，不知道是否還能做出同樣的反應。

她手中的刺叉落下，發出「噹」的一聲。

「呃……那個……我是櫻丘國中的後藤朱里……學長好。對不起……我……」

後藤扭捏起來，並低頭道歉，春太也規規矩矩地行禮。

「我是清水南高中一年級的上条春太，下個月開始請多多指教。」

春太能自然跟她握起手這點令人欽佩。而後藤連耳垂都紅了。

「順帶一提，我是學生會會長日野原秀一。我命令妳打掃教職員廁所到四月一日。」

摀著喉頭的日野原學長走過來，後藤撿起刺叉擺出架勢。她的鼻息又變得粗重。

「冷靜一點。」我介入兩人，同時擋住激動的後藤。「擅自入侵學校，還帶來麻煩的可是妳哦。」

後藤往後一縮，垂下了頭。

「我是跟春太同班的穗村千夏。」我自我介紹。「而站在走廊上的是發明社的萩本兄弟。」我直接把他們捆在一起介紹。

後藤一臉過意不去，她轉頭望向走廊。「……我在電視上看過那兩個人，覺得非常可怕。跟我相差好幾歲的弟弟還哭了。」

啊——我懂我懂，所以才那麼警戒啊。他們骨子裡其實是好人。雖然沒有自信下定論，不過現在就先讓我這麼說吧。向她說明後，我招手把萩本兄弟叫進社辦。

閒話就不提了。端了杯冰果汁給後藤後，日野原學長開始詢問。

「妳怎麼看得到我們學校網站的留言板？這需要學生的個人帳號。」

「帳號是跟現在讀這所學校的學長借的，也是那位學長告訴我回憶枕這東西。」

「妳說的那位學長是？」

後藤閉口不言。

「別擔心了，就說吧。我不會處罰或責備妳那位學長。」

「是名越學長。」

「嘖……名越啊。」

「學長認識名越嗎？」我問日野原學長。

「他名列學生會執行部管理的黑名單十傑之一。」

強大的怪人還有九人嗎？說真的，這學校很令人憂鬱。

後藤似乎感到意外，她高聲說：「名越學長是世界上最棒的學長。」接著她偷看春太一眼。「不過今天變成第二名了。」

「名越可真廉價啊！」日野原學長激動地說。「那報紙頭條的剪貼文章呢？」

「總不能用借來的帳號留言，我煩惱的時候，名越學長給了我這個建議。」

「所以萬惡的根源就是他嗎？」日野原學長垂下肩膀。「……我累了。」

像是接棒一樣，萩本兄接在日野原學長後頭說：「很遺憾，由於種種因素，我們開發的回憶枕不能販售了。很抱歉違背妳的期待，不過我們還是得用萬分悲痛的心情，退還預付金一萬圓。」

後藤的表情一僵。「不要，我不收。請你們解開象息的謎團，幫我做出回憶枕。」

「所、所以說由於種種因素……」萩本弟呑呑吐吐地加入談話。

「種種因素是什麼？不便公開的大人因素嗎？還是因爲你們不知道象息是什麼顏色？請面對牆上的格拉漢姆．貝爾肖像回答！」

萩本兄弟望向肖像，眼中浮現淚光。

這對兄弟沒救了。

「不好意思呀，後藤。他們就算想免費提供回憶枕，也無法重現沒人看過的象息，請體諒他們。」

後藤雙肩聳起，帶著彷彿在忍耐著什麼的表情，喉嚨深處發出「嗚」的呻吟。她看起來快哭了。究竟是什麼原因將她逼得這麼緊，還獨自入侵學校？我覺得她很可憐。

「解開像輝夜姬那種強人所難的難題，是春太的工作。」

我交棒給春太。

「妳今天好像沒帶長號的箱子。」

始終保持沈默的春太開口，後藤露出意外的表情。

「……啊，是的。不過那是低音長號。」

「哦。妳國中參加管樂社嗎？」

春太將中指跟食指抵在太陽穴上。這是他在盤算著什麼的動作。

「我從小學起都是吹短號，但上國中後，指導老師說我比較適合這個，所以一直吹到現在……請問，上条學長是管樂社的嗎？」

「對，我吹法國號，穗村同學吹長笛。不過妳眞厲害，低音長號的運舌很難，能吹出好聲音的人有限。妳肯定有天分。」

「沒有這種事。」後藤不斷搖頭。「不過去年因爲我極力主張，社團選擇了班尼・古德曼（Benny Goodman）的組曲當自選曲。」

「這可眞厲害。我記得組曲中有低音長號的獨奏吧？」

「沒、沒那麼了不起啦，只不過是讓比賽會場瞬間陷入寂靜的程度。」

嗯，我大致掌握到後藤的性格了。

「穗村同學。」春太轉頭看我。被他叫了兩次穗村同學，感覺有點噁。「我想幫忙她，妳覺得怎麼樣？」

後藤兩眼放光地注視我。我也將中指跟食指抵在太陽穴上。

「畢竟這是說不定會變成學妹的後藤請託嘛。而且我也想聽聽妳的演奏。我想，一定不是後藤吹低音長號，而是低音長號希望後藤來吹奏自己……」

「咦，討厭啦，沒這回事！」害羞起來的後藤扭著身子。

春太進入正題。「幫忙前，我有一件關於回憶枕的事想確認，可以嗎？」

「如果有我答得出來的事，不管什麼我都願意說。」

後藤的視野中，已經看不到日野原學長跟萩本兄弟了。

「這個回憶枕是誰要用的？」

──那我就直說了。

有一天，我突然得知，旁人告訴我已經去世的祖父其實還活著。

我不想叫他祖父，接下來我會稱呼他爲「那傢伙」。不過，就算叫他「女性公敵」或「條蟲」也不爲過。

我是很黏奶奶的孩子，我最喜歡奶奶了。奶奶一個女人含辛茹苦養大爸爸，現在跟我們全家一起生活。她有時會把往事當成笑話講給我聽，但我想那並非是一段輕鬆的歲月。

至於「那傢伙」，我聽說他在爸爸出生前就因不幸的意外去世了。

但實情並非如此。

奶奶十九歲時，認識了當時是美大生的「那傢伙」。「那傢伙」一度到巴黎留學，結果失敗回國，大學中輟又被父母斷糧。「那傢伙」後來流落到奶奶的租屋處。他好像本來就有一雙巧手，擁有繪畫的才能。而且，不是他自命不凡，而是周圍的人都認可他的才能。但他在巴黎明白一件事，無論多有才華，若非天才就無法在這種世界謀生。不對，就算天才也不行，還需要好運。繪畫似乎就是這樣殘酷的世界。

「那傢伙」有吸引人的魅力，而且個性溫柔。他跟奶奶同居後找到安定的工作，過了一段雖然短暫，但平穩幸福的日子。兩人的感情也走到誓言要攜手共度餘生的階段。

然而，那是一場騙局。

「那傢伙」想用兩人一起存下的錢再度留學。他無法捨棄成爲畫家的夢想，無論如何都無法忘懷這份心情，而留學地點選在美國的舊金山——這到底什麼東西啊？明明是要當畫家，到美國做什麼？因爲在法國巴黎失敗，所以這次換成美國舊金山？眞是莫名奇妙。至於生活費，「那傢伙」說已經找好在美術館打工的門路，就此說服奶奶。奶奶滿心迷惘，但她眞的很喜歡「那傢伙」，也有心支持他，因此她從銀行領出赴美費用。而且奶奶又心地善良，她當時幾乎領出全額！

出發前一天，「那傢伙」跟奶奶訂婚了，維繫住兩人的羈絆。

之後，留在日本的奶奶發現自己懷了「那傢伙」的孩子。但她覺得不可以造成「那傢伙」的負擔，沒有通知他。反正他說好一年就會回國。

一年過後，「那傢伙」仍然沒有回來，兩人的聯絡也突然中斷了。「那傢伙」拋棄了奶奶。奶奶帶著一個還在喝奶的嬰孩，花了好幾年才接受這個事實。當時，奶奶其實是與「那傢伙」私奔並訂婚，因此她無法依靠父母，她換了住處，做過所有做得來的工作……日子過得很辛苦。

我爸爸看著奶奶辛勞的背影長大。在他靠著獎學金從大學畢業、結婚、有能力買下自己的房子前，他拚命工作。爸爸要給奶奶安心的家庭與家人環境，一直努力奮鬥。我相信他確實達成這個願望。

然而，那傢伙去年突然出現。

開端是奶奶拿到的畫冊。「那傢伙」拋棄奶奶後，只出過一次畫冊。那本畫冊流落在各家舊書店間，最後是知道奶奶往事的朋友找到的。奶奶詢問過畫冊的出版社，甚至調查了那傢伙的行蹤，得知他在赴美的十年後回國了。

我知道他現在的所在地時，嚇了一跳。他好幾年前就住進隔壁鎮的老人安養中心，拋棄奶奶後一直沒再婚。而奶奶開始瞞著我們外出，循線找到「那傢伙」。「那傢伙」身患數種疾病，已經活不久了。奶奶就是去看顧他。

……其實，醫院檢查出奶奶有一點失智症的徵兆，她一定忘記以前受過的冷酷對待。「那傢伙」利用了這樣的奶奶。

他孤身一人，沒有依靠的家人跟好友，但這都是他自作自受。既然用這種散漫的態度活到現在，這是理所當然的結果。然而，一旦處在自己或許會死的立場，「那傢伙」就對無依無靠的現況感到恐懼，於是回想起奶奶的存在。他查出奶奶的地址，決定進入附近的老人安養中心。他想讓奶奶照料自己到臨終爲止，爲任性人生做個損益兩平的收尾……肯定是這樣。

我拜託爸爸帶奶奶回來。爸爸剛知道這件事時十分憤怒，但他本來就不是心胸狹窄的個性，後來就說：奶奶想怎麼做就怎麼做吧。

我無論如何都無法接受，至少要挖苦那傢伙一句，於是獨自闖進單身老人安養中心。「那傢伙」住在單獨一人的大房間。要是他對奶奶表示出一點愧疚之心，我就滿足了。

結果，我抓狂了。

「那傢伙」已經失憶，把赴美的事忘得一乾二淨。明明是這樣，卻說什麼「我是grandpa喔。來，granddaughter，讓我把臉埋在你的雙膝之間吧」，還想抱住我。我賞了苟延殘喘的「那傢伙」連環巴掌，他竟說「這是愛的鞭笞」。開什麼玩笑！

我決定從隔天起，只要有時間就去老人安養中心。他堅稱自己失憶，我打算奉陪到底，要是他敘述中有矛盾或怪異之處就追問下去，剝掉他的假面具。但「那傢伙」很頑強，就是不肯想起最重要的環節。我很想告訴他奶奶跟爸爸至今吃過多少苦，但對方沒有記憶，我卻單方面講個不停，這不是很令人火大嗎？

有一天，我從「那傢伙」口中聽到一個詞。那是他在空白十年間唯一記得的事物。

……我看過象息。

我趕緊調查，得知這是沒人看過的逸失色時，一股猛烈的憤怒吞噬了我。他不惜做到這種地步，也想掩飾住對自己不利的過往嗎？

可是、可是。

我要冷靜下來。

說不定「那傢伙」真的看過。

失憶並不代表真的失去記憶。記憶仍殘留在腦中某處，純粹是無法回想起罷了。

我賭在這一線希望上。

我想，如果用了回憶枕，「那傢伙」說不定會回想起來——

「不知道爲什麼——」

後藤的敘述結束後，日野原學長感慨地說：

「我跟你的祖父有感同身受的部分。像追逐夢想之處，或不肯輕易死心之處。」

萩本兄弟也點頭。春太一瞬間也差點要點頭，又緊急煞住。

「爛透了！」後藤從椅子上起身。「就是因爲有你們這種男人，女人才會不幸！」

被罵過兩次爛透了的日野原學長臉上一陣抽動。

「女人懂什麼。追逐著蝴蝶，在不知不覺間登上山頂，這是一種多麼美麗的譬喻。」

「女人當然懂。追逐著蝴蝶，在不知不覺間深陷附近水溝，這是多麼醜陋的現實。」

「好了好了。」我介入散發著險惡氣息的兩人之間。「假設解開象息的謎團，完成了回憶枕，後藤打算怎麼做？」

「當然要讓『那傢伙』用。我已經想好全套流程，要先讓他回想起對奶奶做過的一切，我再說教，最後要他下跪磕頭道歉。」

「哼！只不過是下跪磕頭嗎，還眞簡單。」日野原學長在椅子上向後一仰。「喂，萩本兄弟，讓她看看你們的究極特別版下跪磕頭。」

「要用哪個版本？」萩本兄悄聲問日野原學長。

「人體金字塔下跪磕頭。給我在三十秒以內聚集起臨時演員。」

「……夠了哦。」我捏住日野原學長的鼻子往上拉，接著轉頭看後藤。「妳眞的覺得這樣好嗎？」

後藤出現片刻的畏縮，但她接著緊抿起唇，嬌小的肩膀顫抖起來。

「我不想讓『那傢伙』就這樣死去。我無法忍受他到死都在奶奶的心中保持美麗回憶，這就正中『那傢伙』的下懷了。他應該要暴露出窩囊到讓奶奶厭倦的模樣，死皮賴臉地掙扎，再由我們全家照料他。」

大家的視線聚集到後藤身上。與其說是執念，她更像無法控制扭曲到無可回頭的情感，並且深受折磨。

一道聲音打破沈默。

「我知道有個幫手。」

眾人的目光移動到交叉著雙手放在後腦杓，抬頭望天花板的春太。

4

週末，星期六。

「名越學長是世界上最棒的學長，不過今天他變成第三名了。」

後藤扭扭捏捏地露出羞澀笑容，抬頭偷看一旁的馬倫。

提著薩克斯風箱的馬倫回她一個微笑。結束上午跟下午的練習，他應該很累，但一聽到「名越的學妹有困難」，他就爽快地答應前往後藤祖父待的老人安養中心。

春太說的幫手就是馬倫。

從早上的晨練起，我跟春太就連走路都在隨音樂飄晃。樂譜還不肯離開腦中。

「spring ephemeral啊。眞不吉利。」

日野原學長的嘀咕聲從背後傳來，萩本兄弟也跟在後頭。

我們一行總共七個人。

綠意滿溢在老人安養中心的散步道兩側。宛如昭告春天的到來，白得發亮的鵝掌草跟淡紫色的豬牙花盛放著。春季短生植物……我記得在現代國語課中，講到堀辰雄的〈信濃路〉時，老師說明過這種植物。春季短生植物僅止在春初開花，其他時間都孕育在土壤中。spring ephemeral這個名字意涵著「春季稍縱即逝的短暫生命」。

眞不適合種在老人安養中心的路邊。

彷彿察覺到我的感受，馬倫小聲說：

「因爲能在土壤中恆久忍耐，春天的花才會充滿希望，不是嗎？」

和緩的坡道前出現了一棟全白建築，外觀像建造已久的老醫院。進入大廳時，大家都瞬間停下步伐。因爲我們聞到了氣味。那是醫院的藥品混雜著排泄物般的氣味所積累下來的味道。春太跟馬倫都露出嚴肅的神情。

後藤快步前進，眾人慌忙追趕。我們沒搭電梯，直接走樓梯到三樓。聽說後藤的爺爺有睡眠障礙，晚上會因惡夢而睡不著，所以獨自住在角落的大房間。

在三樓走廊的前端，一位頭髮半白的嬌小老婆婆在等我們。

「奶奶！」

後藤猛衝過去撲抱住奶奶，後藤奶奶呻吟一聲，溫柔地接住她。

然後，奶奶布滿皺紋的眼睛慢慢轉向我們。

「……他們是妳昨天提過的學長姊嗎？」

「對，他們會解開象息的謎團。」

事情變成這樣了，怎麼辦？

短短一瞬間，後藤奶奶的眼眸深處出現悲哀的色彩。雖然聽說她有失智症的徵兆，但我實在看不出來。

「不好意思，今天硬是拜託朱里同學讓我們一大群人拜訪。」

日野原學長代表所有人向她問好。他並非兩手空空，而帶著綜合水果禮盒前來，顯得體貼又風度翩翩。奶奶不好意思地道謝，並說「朱里要請你們多多關照了，她是個好女孩」，她重複了好幾次。

「好女孩，是吧？」日野原學長別有深意地回應，後藤踢了他的小腿一腳。

我們跟在奶奶和後藤的身後，走進大房間。

「啊……」我說。

「這是——」日野原學長開口。

「哇。」春太驚呼。

「眞驚人。」馬倫讚嘆著。

「哥哥。」萩本弟叫著。

「哦。」萩本兄張開口。

「他已經把這裡當成自己家了。」後藤接下所有人的話。

大房間中的米色窗簾隨風飄揚，四面牆壁全裝飾著滿滿幻想風格的風景畫，而獨特的用色充滿個性。當成自己家——的確如後藤所說，這裡已經變成小小的工作室……

後藤爺爺坐在裡頭的床上，上半身挺起。他一頭白髮還算茂密，臉上蓄著好看的小鬍子跟山羊鬍。渾身上下散發著藝術家的精悍氣質，然而土色的肌膚以及深陷的眼窩，在在訴說著他受到病魔折磨。

聽到眾人問好，爺爺默默微笑。他看起來不像後藤說得那麼壞。奶奶到大廳準備茶水，萩本兄弟也跟過去。

忽然間，我注意到後藤爺爺的目光落在我的裙子上。

「……現在高中女生的腿還眞長。」

「你看哪裡啊，這個色老頭！」後藤跳到床上，抓住爺爺的兩頰用力拉扯。

「高中呂生的腿……」後藤爺爺哀嚎著。

各位，命不久長的祖父跟不聽話的孫女在吵架，我們要不要一起上前阻止呢？日野原學長、春太跟馬倫對我做出「交給妳吧」的動作，並肩出神地看起牆上的畫。

「像油畫又不是油畫。」日野原學長一臉疑惑。

「日野原學長看的那幅畫底是素描本。」春太說。

「我在爸爸的書架上看過，這大概是稱爲水粉畫法的水彩技巧。」馬倫說道。

「他在水粉畫法上展現出獨門技法嗎？這有印象派的味道。」

日野原學長瞇起眼睛點頭。春太跟馬倫也發出感嘆，一幅一幅依序欣賞。

拜託，讓我加入這場知性的談話吧。

「小千，」春太在我耳邊悄聲說，「大致來說，印象派是大多人認爲受到日本浮世繪與日本畫影響的繪畫手法，這種手法並非首重在用遠近法描繪眼前所見，多是以外觀上的趣味，或是獨道的畫家主觀想法爲重點。」

哦。我跟大家一起看牆上的畫。

畫的顏色種類很少，但點狀色塊的集合體表現出獨特的色調風格。

「……這叫點描。」

我回過頭。後藤奶奶站在那裡，她端著放有紙杯跟點心的托盤。

萩本兄弟在大房間的一角盤腿坐下，打開看起來很堅固的筆電。他們將手機接上去，點選檔案傳輸。

「在這裡用手機沒問題嗎？」我用手肘頂頂日野原學長，小聲詢問。雖說是老人安養中心，設施內還是有醫療儀器。

「你以爲我爲什麼要他們去大廳幫忙倒茶水？」

「咦？」

「我就是要他們去確認這裡可以用手機。因爲寂寞而打給家人的老人源源不絕，聽說也有每個月電話費太貴，造成問題的案例。」

我陷入沈默，日野原學長哼了一聲。

馬倫指著掛在南側牆壁的畫，用英文和後藤爺爺說話。

春太在一旁耳語：「我麻煩馬倫用英語跟他交談，他在美國的記憶說不定會復甦。」

後藤爺爺對馬倫的問題露出困惑神色，但還是用結結巴巴的英文回答。看來英文會自然溜出他的嘴巴。

南側牆壁主要是動物畫，其中有日本見不到，像是棲息在亞熱帶叢林中的鳥類、猩猩和大象。

馬倫暫時中斷談話，他問兩手拿著餅乾塞進嘴裡的後藤：

「妳爺爺什麼時候去美國？」

「咦、呃……」後藤連忙嚥下嘴裡的東西。

「……昭和四十一年。」後藤奶奶代爲回答。我還是看不出她有失智症。

「昭和四十一年？」馬倫皺起眉。

「一九六六年。」春太換算成西元年。

聽到春太所說，萩本兄弟開始用筆電搜尋。

「找到了。」萩本弟舉手，快到像參加搶答遊戲。「舊金山亞洲藝術博物館在那一年開幕。」

「當時說不定有招募開幕工作人員。」

馬倫說，眾人的視線聚集到他身上。

「他的英文不流利，不過『秀拉』跟『大傑特』這兩個詞的發音很清晰。我想『秀拉』應該是人名。」

萩本兄弟再度用筆電展開搜尋。萩本弟舉手。

「用點畫描繪獨特水彩畫的畫家中，有一個叫『喬治．秀拉（Georges-Pierre Seurat）』的法國人，代表作之一《大傑特島的星期日下午》在芝加哥美術館展示。」

「果然。」馬倫說。「我之前住在芝加哥，剛才也問過關於地緣的問題。他的回答大多正確，大概曾在那裡久居。」

我愣住了。怎麼回事？舊金山之後是芝加哥？

萩本弟看著電腦螢幕繼續說明：「芝加哥美術館除了蒐藏秀拉的代表作，也有日本的浮世繪跟東方美術，館藏在歐美首屈一指。」

春太向爺爺確認：「您在一九六六年赴美，首先到舊金山擔任美術館的開幕工作人員，然後找到下一份工作後移居到芝加哥，在受到點描影響的秀拉代表作所在處停留一段時間……請問我說的正確嗎？」

爺爺沈默著。凹陷眼窩深處的眼瞳中，好像有些微光芒在搖曳。

「……可能吧。」

我暗自倒抽一口氣。了不起，取回後藤爺爺記憶的線索前進一步了。

「你在芝加哥待過？」後藤逼近爺爺。

「……我漸漸覺得是這樣沒錯，my granddaughter。」爺爺輕浮地回答，完全不懂得顧忌現場氣氛。

後藤凌厲的目光劃向我們。「請問，芝加哥離舊金山很遠嗎？」

「大約是從東西寬長的美國西岸到東岸吧。」馬倫回答。

「那大概三千公里。」荻本弟說。

「差不多是往返東京跟博多一次半。」春太試著計算。

後藤的臉微微顫抖。這是危險的預兆。搶在我們阻止前，她就撲到床上捏住爺爺的兩頰用力拉。「什麼留學，根本是騙人的！對奶奶道歉！」

「不阻止您的孫女亂來沒關係嗎？」日野原學長小聲問後藤奶奶。

「……他不會說謊的。這個世界有時就是無法盡如人意。」凝視著半空中，後藤奶奶近乎自言自語。

無奈之餘，我把後藤拉離爺爺的身邊。她的呼吸粗重，帶著怒意。

「馬倫，」春太說，「光是詳知芝加哥附近的狀況，也無法斷定他曾在那裡久住。而且爺爺的記憶也模糊不清，不是嗎？」

「關於這件事，我有幾幅在意的畫。」

「——畫？」

馬倫指向掛在南側牆壁的畫，眾人於是湊近作品。

那是點描畫。畫僅用三個顏色的點形成複雜構圖，看起來像打上一層馬賽克。同樣的構圖有三幅，內容皆是天空、森林與大象，但天空的色調不同。

《在朝霞中安眠的大象圖》

第一幅　天空（黃）、森林（綠）、大象（灰）

第二幅　天空（橙）、森林（綠）、大象（灰）

第三幅　天空（黑）、森林（綠）、大象（灰）

萩本兄弟一臉興味盎然，他們徵得後藤爺爺的同意後，用數位相機拍下照片。我猜得到背後的理由。他們用「三個顏色就能重現的回憶」當成回憶枕的製作規格，眼前正是範例畫。

「我剛剛獲得爺爺許可，看過畫布背面的時間，這是他回國後馬上畫的。」馬倫說。

「差別在天空的顏色。第一幅如同標題是朝霞沒錯，而第二跟第三幅是黃昏與傍晚啊。」日野原學長比對著三幅畫。

「上面只畫一頭大象。野生大象應該會有十幾頭以上才對，因爲是成群行動。」

春太的神色困惑。

馬倫回答了兩人的疑問：

「這大概是芝加哥的林肯公園動物園。他們在廣大的自然土地上飼養著各種動物，旅客可以免費入園，也有人偷跑進去過夜。如果整天待在動物園，應該畫得出這種主題。」

聽他一說，這間房裡確實有亞熱帶叢林的鳥跟猩猩畫。

我回頭看後藤爺爺。爺爺帶著有些痛苦的表情保持緘默，嘴唇顫抖著。他在隱瞞些什麼，那像是非常害怕受人追問的表情。

「你遊蕩到動物園裡？」

後藤發出可憐兮兮的聲音，爺爺驚慌地抬起頭。

「……因、因爲我想擺脫束縛。」

「擺脫束縛？」後藤說不出話。「意思是說，你覺得被你拋在日本的奶奶是包袱？」

「呃、不是、那、這……」

後藤帶著彷彿馬上會哭出來的表情發出一聲呻吟，然後衝出大房間。

「要不要我去追您傷心的孫女？」日野原學長小聲問後藤奶奶。

「……別看她那樣，她骨子裡是很堅強的女孩。」奶奶泛起柔和的笑容。

接下來，氣喘吁吁的後藤將枕頭夾在兩邊腋下回到房間。她用全力扔出其中一個，「砰」的一聲正擊爺爺，另一個枕頭也緊接著飛到爺爺的臉上。

無視眼前的騷動，萩本兄弟將數位相機接到筆電上。筆電螢幕出現郵件畫面，萩本弟敲打鍵盤輸入幾行訊息：

線索１　一九九六年赴美留學。

線索２　停留地點是舊金山，之後是芝加哥。

線索3　可能暫居在芝加哥的林肯公園動物園。
線索4　十年後，一九七六年回國。
線索5　回國後畫的畫：《在朝霞中安眠的大象圖》
隨信附上三幅畫的照片。

萩本弟寄出郵件。不知道收信人是誰。
「假如爺爺看過象息，說不定就是在林肯公園動物園看到的……」
春太跟馬倫一起望向三幅畫。我走過去用手指戳戳春太。
「欸，爲什麼能這樣斷定？」
「既然跟象綠、象膚一樣冠上象的名字，就是與大象生態或環境有關的顏色。如果是在林肯公園動物園，三百六十五天都能觀察大象一整天。爺爺一定在那裡看到什麼。」
「我也這麼想。」馬倫稍微盤起胳膊。「說不定先整理一次大象的生態比較好。」
「大象的生態……」這麼說來，我對大象了解得不多，頂多就是春太說的「野生大象會成群行動」，而且是在電視上看到的資訊。
「野生大象當主題的書意外不多，不過有好幾則看過一次就印象深刻的生態知識跟趣聞。我還住在美國的時候讀過這類書。」
說著，馬倫告訴我幾件事：

・大象若染上傳染病，八成以上同時斃命。這是因爲大象會「照料生病的伙伴到死爲止」，以致象群全遭傳染。

・若有遺棄的幼象，有些大象會成爲養母照顧牠。

・大象的性格神經質，如果活動範圍內開了馬路，大象會遲疑而不肯跨越。大象在動物園內，就連一隻老鼠也會警戒。

・推理作家阿嘉莎・克莉絲蒂（Agatha Christie）的作品《問大象去吧！》（Elephants Can Remember）的標題，意指即便是人類難以正確回想起的過往記憶，大象也絕對不會忘記；而這是事實，大像是個體認知能力非常強的動物。

・大象是恆溫動物，在睡眠中會做夢，不過一般認爲大象睡眠只有約三小時。大象就像純種馬一樣神經質，動物園的飼育員也少有機會看到牠睡著的模樣。

這些初次聽聞的知識，讓我聽得入神。我深切感受到大象的仁慈與神祕。

「……年輕人，你知道得眞清楚。」

一道模糊的聲音響起，馬倫轉頭，原來是被後藤用枕頭摀住的爺爺發出聲音。

「後藤爺爺也知道關於大象的生態知識或趣聞嗎？」

聽到春太這麼問，爺爺望向天花板回答：

「我聽過一則故事。記得是魯德亞德・吉卜林（Joseph Rudyard Kipling）的小說……」

接下來，爺爺搜索枯腸地挖掘記憶，告訴我們這個故事。

世上某處，有一頭從人類身邊逃走的大象。

牠得到自由，但象徵著人類奴役時代遺骸的鐵鍊仍栓在後腳上。而牠沾染上人類的氣味，加上後腳的鐵鍊不時發出聲響，無論哪個象群都警戒著牠，不肯接納牠爲同伴。

牠只能忍受著痛苦，獨自存活。

牠憎恨人類，因此襲擊且踏毀村莊，毫不保留地展露出自己的兇暴。然而某天，牠遇到一頭與象群分散的幼象。牠見誕生未久的幼象沒有警戒心，便將幼象視如己出地養大。

之後，幼象沐浴在牠充滿愛的養育中，逐漸成長茁壯。

而那時牠已年邁，因鐵鍊而步履蹣跚。

已經長大的幼象問：

「爸爸，那條鐵鍊是怎麼回事？」

牠說出緣由——

「這是我的悲傷，我的詛咒。」

長大的幼象用強力的鼻子一拍，粉碎了可恨的鐵鍊。

房裡所有人都靜靜傾聽。我眨眨眼。鐵鍊……這個詞伴隨著奇妙的回音進入耳中。

「會長，我有事相報。」萩本兄喚著日野原學長。

萩本兄弟的筆電似乎收到回信。我、春太跟馬倫也湊近。

謹告在那裡的所有成員，

不要繼續追問後藤同學的祖父，快點回家。

日野原學長重重吐出一口氣。「怎麼樣，上条？老師喊停了。」

「咦？」我滿心困惑。

「就是草壁老師。」日野原學長小聲說。「其實，綜合水果禮盒也是老師準備的。」

「——眞的嗎，春太？」

春太見到筆電螢幕，表情僵住了。他像受到刺激般移動腳步，兩手撐在南側牆壁上。

他目不轉睛凝視著那三幅大象畫。

「我一直想說，那幅畫不太妙啊，上条。」萩本兄拿起數位相機站到春太的背後，他壓低聲音。「不能用這三個顏色製作回憶枕。」

馬倫也走近那幾幅畫。他的目光漸漸變得銳利。

「萩本學長誤會了。」

「……是嗎。」含糊其辭的萩本兄目光落到數位相機上。

春太繃緊的臉轉向爺爺。他正要說什麼，但爺爺不允許。

他用微小低沉的聲音制止：

「謝謝你們來看我。時間不早了，最好快點回去。」

我這才注意到時間流逝。已經快六點了。宛如曾穿透彩色玻璃的夕陽餘暉從窗戶照進，將大房間染上一層美麗的色彩。一開始聞到的老人安養中心氣味，混入了暖呼呼的飯菜香氣。

春太走到爺爺床邊。他露出傾訴的目光，雙手緊握住床腳邊的欄杆。

「……晚餐馬上就會送過來了。你們在這裡會干擾我。」

「您該不會回國後，一次都無法得到安眠吧？」

「回去。」爺爺帶著陰沉的表情說。「你們想當瘟神嗎？」

那個瞬間，枕頭像揮棒一般正面擊中爺爺，他發出「嗚喔」的呻吟。

枕頭是後藤扔的。

「……好過分，怎麼這樣說。大家難得來看你，你卻說他們是瘟神……而且晚飯你明明總是吃剩。向奶奶跟學長姊道歉！」後藤撲到床上，用枕頭用力捶打爺爺。爺爺呻吟著。「啊……啊……反正都要捶的話，乾脆捶肩膀吧。」

「您孫女跟家人之間的肢體交流漸入佳境了。」日野原學長對後藤奶奶小聲說。

「朱里，別這樣。」

聽到奶奶的聲音，後藤的身體一震。她乖乖聽從奶奶爬下床。對自己感到悲哀與不甘的情緒使她神色扭曲，緊咬住嘴唇。當奶奶溫柔抱住她，她忍不住嗚咽地哭起來。

「您打算重複這種事到什麼時候？」春太冷冰冰地問爺爺。

「我現在很滿足。」爺爺的嘴邊泛起淡淡的笑意。

我看到那張臉上浮現了好似被什麼附身的表情。

「如果您是卑鄙小人、膽小鬼或騙子，至少最後要爲自己的人生負責；但您不是。必須有人除去您的鐵鍊才行。」

「閉嘴……」

「這是您內心深處的渴望，所以才告訴我們剛才的故事。這也是爲了您的孫女好，最好現在就在這裡說清楚象息是什麼。」

「閉嘴，別說。」

「不，我要說，可能性只有這個。那是等待著一九六六年赴美留學生的殘酷命運。」

奶奶跟後藤抬起臉。

「等等，上条。」馬倫的聲音在大房中響起。「你指的是一九六六年在美國舊金山發生的那起事件嗎？」

氣氛完全白熱化的春太跟爺爺轉開視線，聚焦在馬倫身上。

「爸爸跟我說過，那是不滿黑人被歧視而引起的大暴動。暴動始於洛杉磯瓦特區，一九六六年蔓延到舊金山，兩年後延燒到芝加哥，造成眾多傷亡。日僑跟留學生也被捲入這場暴動。」

我不禁發出一聲輕呼。這跟赴美的後藤爺爺行蹤確實重疊了。

「瓦特暴動啊。」日野原學長伸手支住下顎。「這麼說來，我在公民課聽過。當時好像出動了軍隊吧？」

「美國小學教過，這是第一次大規模的種族暴動。」馬倫接著說：「這樣一想，就說明爲什麼爺爺在林肯公園動物園過著露宿的生活了。」

春太的視線回到爺爺身上。他凝視著爺爺，爺爺也回他一道目光。他的嘴唇微微一動，而春太安靜下來，停住所有動作。不久，春太彷彿虛脫般開口：

「您赴美後隨即捲入暴動，留學資金被奪走，又在想捲土重來的芝加哥面臨同樣困境，失去一切。」

「…………」

「在那之後，您一步也無法離開林肯公園動物園。」

……………………………………………………

爺爺有了反應。「……沒錯。」他強而有力地回答。

「您怎麼過活的？」

「……我畫畫賺取微薄日薪，成了流浪漢。」

「芝加哥的冬天應該很嚴酷才對。」

「……你什麼也不懂。將那裡形容是艾爾．卡彭所在的城市，應該比較容易理解吧。貧民區跟流浪漢都很多。」

「爲什麼您沒有盡快回國？」

「…………」

「因爲您始終過著夜不成眠的日子嗎？」

「……對。」

當我注意到時，臉色發白的後藤已經站到爺爺跟春太之間。

「這怎麼回事？」

爺爺跟春太閉著嘴，彷彿被她的氣勢壓倒般緊繃著神情。馬倫代他們回答：

「是不是創傷後壓力症候群（PTSD）呢？」

「什麼？」後藤回過頭。

「人就算遭到威脅，只要過一段時間，那份體驗就會逐漸模糊；但假如暴露在強烈的創傷性壓力下，消除記憶的機制會無法發揮作用。爺爺在這四十年間或許長期受到惡夢、閃回、恐慌症狀侵擾，說不定現在依然持續著。」

我想起來了。後藤爺爺獨自用大房，是因爲睡眠障礙導致他半夜做惡夢，無法入睡。

後藤轉頭看爺爺。「是生病的緣故嗎？」

「……對不起。」

「日本明明有奶奶跟爸爸在等，你一次都沒回來，是因爲生病嗎？」

春太跟爺爺的視線在短短一瞬交會。我並未錯失這幕。過一小段時間，爺爺的嘴像是另一種生物般孱弱地動起來。

「……爲了取回失去的東西，我參加了暴動。爲了活下去，我傷害了許多人。我在那裡沾染上酒精跟毒品，已經無法回到普通的生活。即便自己的孩子誕生，我也沒資格用這樣的身體擁抱他了。」

後藤稍微後退一步，而爺爺寂然地垂下頭。

我在春太臉上，看到近似後悔與痛楚的神情逐漸蔓延。

「……象息。」

不久，爺爺輕聲呢喃，眾人目光集中在他身上。

「……你們不知道這是什麼顏色吧？那沒有顏色……我可沒說這是一種顏色。」

大家屏息傾聽。爺爺一個字一個字地吐出話語。

「……那是大象的睡息。警戒心強烈的大象……鮮少讓人看到入睡的身影。牠們是一種在絕對安心的情況下……才睡得著的動物……我很想看看這幅景象……芝加哥的冬天很嚴酷……雖說是動物園，但並非適合野生動物居住的環境……被迫跟象群分離的可憐大象……若有安眠之處的話……我想親眼目睹。」

後藤爺爺把自己不幸、無情又荒誕的命運，跟林肯公園動物園的大象重疊在一起，試圖在大象安眠之處尋找救贖。他當時就是虛弱到這種地步。

「請告訴我們那三幅畫的意義。」春太閉上眼睛，靜靜地問。

「……芝加哥的朝霞帶著茜草色、橙色、茶色、藍色、灰色，一切都混雜在一起，交織出美麗的色彩……景色會隨著觀者的心境改變……象息跟我想像得不同。我們的安眠之處並不是自己爭取得來的……而是旁人給予的……這件事……我發現得……太晚了。」

奶奶不希望他繼續說，她握住爺爺滿是皺紋的手。

後藤帶著空洞的眼神呆站著。這時，闔上筆電的聲音響起，驚擾了後藤的意識。萩本兄弟開始收拾東西準備回家。

「如妳所願，我讓他露出窩囊到令人厭倦的模樣，而且讓他死皮賴臉地掙扎了。」

春太對後藤耳語。兩人視線交會時，後藤顯得畏怯。但春太繼續說：

「然後呢？」

再由我們全家照料他——當時她這麼說。春太從口袋拿出茶色的信封袋。

「這是發明社寄放在我這邊，要退還給妳的一萬圓。雖然已經皺巴巴了。」

後藤點頭，她接下了。

5

十天過去。

畢業典禮結束，三年級生的氣息完全消散，校園稍微安靜下來。結業式前，考完期末考的一年級生跟二年級生都照常上課，但總覺得校舍的氣氛隨著空教室的增加而變得淒涼，讓我有些心神不寧。

管樂社正式恢復五月的定期演奏會。爲了配合下個月的入學典禮，以及新生歡迎典禮，我們全心專注在樂曲練習。

排練新生歡迎典禮的曲子時，我忍不住就會想到後藤。委託事件後，我的手機頻繁收到她的郵件。標題是「這星期的整人遊戲☆排行榜」的簡訊中，她提到自己的爺爺把吞下去的金魚又從嘴裡吐出來。時日無多的老人竟然表演這種亂來的戲碼。

聽說那位爺爺從昨天起病況惡化。我今早收到後藤來訊，裡面只短短寫一句：「今天是畢業典禮，我會帶著畢業證書探望他。」

往後無論有多麼惡劣的結果降臨，大概都不用擔心——我想如此相信。後藤爺爺最後總算得到安眠之處，那裡有後藤奶奶跟他的孫女陪伴。

放學後的練習有十分鐘的中場休息，我將長笛從唇邊拿開，目光搜尋著春太與馬倫的身影。那天後，兩人好像把心忘在哪裡似地不時發呆。

當我跟成島協助彼此伸展身體時，音樂教室的拉門像被踢館似地猛然拉開。

社員一同望過去，只見日野原學長登場。講臺上的草壁老師停止翻動樂譜，同時，日野原學長踏前一步看著老師。他用不容分說的語氣問：

「請問我可以借用上条跟馬倫一下嗎？」接著，他停了一拍。「啊，對了，順便借一下穗村。」

「順便是什麼意思！」我馬上回嘴。

日野原學長哼一聲，將他強行帶來的人推到前方。那是穿著工作服的萩本兄弟。

「我之後無論如何都無法釋懷。這兩個傢伙口風很緊，但謊說得很爛。」

這時，坐在椅子上休息的春太跟馬倫都站起來。

我們前往發明社社辦。

在場成員有日野原學長、萩本兄弟、春太、馬倫跟我。草壁老師晚我們一步也來了，他將接下來的練習交給片桐社長跟成島。

聽到拉門關上聲，日野原學長放鬆地「呼——」一聲吐出呼吸，然後說：

「……象息到底是什麼？誰來告訴我一下。」

「你竟然煩惱了十天！」我幾乎跳起來。

「拜此所賜，我可是飽嘗了青少年的煩惱。那時候，萩本、上条跟馬倫聯手隱瞞了一件事，我最初就明白這點了，而且後藤爺爺也拚命演了一齣戲呢。我本來想自己找出答案，但十天就到極限了。」

聽他這麼一說，關於後藤爺爺的敘述，當時好像幾個部分是春太引導出來的，兩人也有過什麼眼神交流。我偷瞄春太。

「……也對，我想了十天，也已經到極限了。」

我也成功搭上順風車。

「對吧？說到底，沒有永久居留權的亞洲人，哪可能在芝加哥的動物園流浪十年，畢竟一被發現就會強制遣返……暴動應該是事實，但要說他因此沈溺酒精與毒品，未免太單純。或許會有這樣的日僑跟留學生，但我不覺得那位爺爺是這種垃圾。首先，他回國後還出了畫冊。而且持續長達四十年的創傷後壓力症候群也是……他似乎是獨自用那間大房間，所以這件事或許是眞的，但我不認爲原因在暴動。最重要的是，敘述缺乏眞實感。」

日野原學長一口氣宣洩完後，他宛如體育老師訓斥著在走廊上罰站的學生，依序環視春太、馬倫跟萩本兄。

「你們懂嗎？我最無法忍受的是，你們步步進逼衰弱的後藤爺爺。這不是我們這種十幾歲小鬼該做的事，我本來以為你們至少有這樣的判斷力。究竟是什麼使你們做出這種事？那時候上条發現了眞相。馬倫修正軌道，牽制萩本以防他說溜嘴。我到這裡為止還看得出來。看在我默默聽你們說完的那份溫柔之心上，說出眞相。」

日野原學長一瞪，三人的目光開始游移。草壁老師坐在社辦角落的椅子上深思著。

最先開口的是萩本兄。

「……大概明白那三幅畫的意義時，老實說，我寒毛直豎。」

他向馬倫尋求贊同。

「我也大吃一驚。」馬倫微微開口。「我一心顧著拚命避開那件事。因為連我自己都很難以置信。」

日野原學長看向春太。春太全身緊繃。此時，草壁老師介入其中。

「象息僅僅留下奇妙的色名，沒有顏色範本。換句話說，僅有當初發現並命名的本人知道長什麼樣子。只要這個世上不存在證明方法，後藤爺爺就是『誤認』了象息。」

「我明白。」日野原學長嘆氣。「問題在於他『誤認』的是什麼，對吧？」

「你無法接受大象的睡息這個答案嗎？」

「我不行。說起來，動物園裡的大象當然是在宿舍睡覺，後藤爺爺是一般遊客，他不可能看得到。」

「……他有辦法看到。」春太僵硬地說。

「什麼？」日野原學長皺起眉頭。

「後藤爺爺有辦法近距離看到大象睡著的模樣。他曾待在那樣的地方。」

「喂，所以我就說……」

「後藤爺爺沒有說謊。他眞的在人間煉獄中，尋找安眠之處。」

日野原學長輕輕倒抽一口氣。「……意思是說，不是在美國嗎？」

他在一九六六年赴美，然後突然失蹤，音訊全無。十年後回國，又馬上畫出那三幅畫，接著是長達四十年之久的創傷後壓力症候群……

春太口中道出的眞相，讓我跟日野原學長都失去了語言能力。

「後藤爺爺被徵兵，投入越戰了。」

「問題就在這裡。」困惑的馬倫插嘴。「正常來想不可能有這種事。如果是在美國有永久居留權的外國人被課予服兵役的義務，那還可以理解。」

「這種事實際發生過。」草壁老師回答。「當時就有年輕人明明有日本國籍，卻在赴美留學期間遭徵兵投入越戰。有的年輕人才剛將觀光簽證換成永久居留證，就馬上產生服兵役的義務而被徵兵；也有年輕人不具永久居留權，還用觀光簽證在美國長期停留，但也遭到徵兵——這樣的案例數都數不清。經過日本外務省調查，這是確定的事實。」

我和日野原學長仍然說不出話，彷彿在旁觀網球對打一般，我們輪流望向馬倫跟草壁老師。我覺得自己好像成了不該在場的小朋友。

草壁老師神色不變，淡然說下去：

「後藤爺爺在一九六六年赴美。得知有被迫服兵役的危險後，他從舊金山搬到芝加哥；然而隔年，超過五十萬人的大規模兵力投入越南。這跟後藤爺爺失去音訊的年份吻合。一九六六年後，戰爭步向終局，逐漸走上悲慘的末路。象徵之一就是那三幅畫。」

萩本弟將數位相機拍下的三張照片貼到白板上。

那是天空、森林與大象的畫作——奇妙的點描畫。

《在朝霞中安眠的大象圖》

第一幅　天空（黃）、森林（綠）、大象（灰）

第二幅　天空（橙）、森林（綠）、大象（灰）

第一幅　天空（黑）、森林（綠）、大象（灰）

「日野原同學可能誤會了，這不是早晨、黃昏與夜晚。如同題目所示，三幅都是描繪朝霞的畫。但後藤爺爺的說明藏著謊言。」

萩本兄從社辦書櫃拿來一本書。我看過書背，書名是《生化武器的大罪》。他翻開夾著書籤的那一頁，我瞪大眼睛。

藍劑（亮黃色溶液）

橙劑（帶茶色的粉紅色，根據目擊者所言，是為橙色的溶劑）

白劑（黑褐色溶液）

「這都是枯葉劑的顏色。噴灑時間都在氣溫低且風速平穩的早晨，軍機會低空飛行過森林散布落葉劑，此時朝霞會染上藍劑、橙劑或白劑的色彩。後藤爺爺在戰爭結束歸國後，馬上用這個當靈感作畫。」

我凝視那本書。那是覆蓋叢林的異樣朝霞色彩，死亡的色彩……

草壁老師問春太跟馬倫：「就算萩本同學讀過那本書好了，你們為什麼知道？」

「我在深夜節目看過紀錄片。」春太答道。

「我待美國時，在圖畫書上讀過。」馬倫給了個意外的答案。

「……圖畫書的世界也越來越深奧了。穗村以前喜歡哪一本？」日野原學長小聲問。

「……《活了一百萬次的貓》。」我也小聲回答。

「接下來是我的想像。」春太看著照片，道出開場白，「我覺得這三幅畫的構圖，單從美國士兵的立場是畫不出來的。」

「為什麼？」馬倫問。

春太指向畫中那一頭象。「這是離群象，年老後被象群趕出來的印度象。我猜後藤爺爺恐怕有一段時間被俘虜。這位身爲亞洲人，會說日語的士兵並未在拷問中喪命，才有機會靠近養在村裡當勞力的大象。他在大象的睡息中，夢想得到安眠之處。」

「如果是這樣……」馬倫語調一沉，他繼續說，「他的身體說不定受到枯葉劑的侵蝕影響。但即便如此，他還是拚命活到今日。」

草壁老師盤起胳膊陷入靜默，沒人再開口說話。社辦的氣氛變得沈重。這想必就是沈默的重量。

此時，社辦拉門猛然拉開。

轉過頭的眾人都表情一僵。

後藤站在門口，露出宛如感情被漂白的能面般神情。她一手拿著裝畢業證書的圓筒及放著瓶裝果汁跟點心的超商塑膠袋，轉動著頭，似乎在找從走廊上偷聽到的聲音主人。她接著走到草壁老師的面前。

「妳何時開始聽的？」草壁老師簡短地問。

「幾乎是一開始的時候。」

後藤眼睛眨也不眨，她注視著草壁老師質問：

「爺爺殺了人嗎？」

草壁老師緊緊閉上眼睛。

——我明白了。

這才是束縛住後藤爺爺的詛咒鐵鍊。

我明白了，無論爺爺內心深處多麼渴望，他都認爲自己沒有回到家人身邊的資格。直到最後，爺爺還是沒有得到安眠之處。

「妳聽好，」草壁老師嚴肅地說，「一九六六年後的越戰，對士兵與人民都是極爲慘烈的戰鬥。無情、殘酷、愚蠢且無意義的戰亂持續很長一段時間。即便如此，妳爺爺還是活著回來了。」

草壁老師從口袋拿出事先準備好的便條紙。

「這是外務省的聯絡方式。你爺爺留下了在美國的兵籍紀錄。其實，有個人從四十年前就開始詢問他的消息。」

「咦……」後藤抬起頭。

「那個人，就是妳的奶奶。」

一瞬間，後藤的表情悲痛地皺成一團。「嗚……」她發自靈魂深處的嗚咽聲響起，淚水兩滴、三滴地陸續湧現，沿著她的臉頰滑落。

他們是被無情戰爭拆散的兩人。

——牠只能忍受著痛苦，獨自存活。

忽然間，這一段記憶掠過我的腦海。我想起今早後藤寄來的訊息。

「後藤爺爺的狀況怎麼樣？」我忍不住問。

後藤用潰堤般的嗚咽聲說：「到現在，他都還沒恢復意識……」

「還來得及。」我說。

後藤顫抖的臉龐轉向我。她兩眼通紅，連眼皮都泛著紅色。

「……還記得吧？爺爺說過一個大象的故事。打碎詛咒鐵鍊的不是妳奶奶，而是妳爸爸跟妳的責任。」

不等我說完，後藤就轉身衝出社辦。

我探頭到走廊目送她離開。在她嬌小的背影上，我彷彿看到了救贖。我相信在最後一刻，安眠之處終會降臨到爺爺身邊。

撿起後藤丟下的超商塑膠袋時，我留意到背後的沈默。回過頭時，大家的視線都聚集在我身上。

「……妳偶爾也說得出動聽的話嘛。」日野原學長說。

「風頭都被妳搶盡了。」春太說。

「對啊。」馬倫點頭。

「妳的貢獻足以讓我們爲妳獻上一個回憶枕。」萩本兄說。

「還有改善的餘地啦。」萩本弟說。

最後，草壁老師看著我微笑說：

「謝謝妳。」

至此，我們一年級的故事結束了。

普門館對我們管樂社來說是一條艱難的道路，不知道還有什麼辛勞和事件等在前方。等哪一天長大說起這些往事時，我大概不會提起難受的回憶吧。

這是我小小的心境變化。

相對的，我想告訴所有人，我們繞了一段美好的遠路。我想告訴大家，我們當時過得很快樂。而允許我們這麼做的，如寶石箱一般的青澀時光，仍然掌握在我們的掌心中。

〈主要參考文獻〉

《顏色的秘密　最新色彩學入門》野村順一　文春文庫PLUS
《擁有奇妙名字的顏色》福田邦夫　青娥書房
《非洲象與印度象　陸上最大動物的一切》實吉達郎　光風社出版
《越南戰爭中的橙劑》Le Cao Dai著　民崎望譯　文理閣
《在非洲與象共度》中村千秋　文春新書
《眞實的話語總是簡短》鴻上尚史　智慧之森文庫

參考文獻的主旨與本書內容有差異。

此外於執筆創作本書之際，還參考了諸多書籍與網站。

NIL 01／退出遊戲

原著書名／退出ゲーム
原出版者／角川書店
作　者／初野晴
翻　譯／陳姿瑄
封面插畫／Rum
內頁插畫／NIN
編輯總監／劉麗真
責任編輯／詹凱婷
總 經 理／陳逸瑛
榮譽社長／詹宏志
發 行 人／涂玉雲
出 版 社／獨步文化
城邦文化事業股份有限公司
104台北市中山區民生東路二段141號5樓
電話：(02) 2500-7696　傳真：(02) 2500-1967
發　行／英屬蓋曼群島商家庭傳媒股份有限公司
城邦分公司
104 台北市中山區民生東路二段141號2樓
網址／www.cite.com.tw
讀者服務專線／(02) 2500-7718；2500-7719
服務時間／週一至週五：09：30～12：00　13：30～17：00
24小時傳真服務／(02) 2500-1900；2500-1991
讀者服務信箱E-mail／service@readingclub.com.tw
劃撥帳號／19863813
戶名／書虫股份有限公司
香港發行所／城邦（香港）出版集團有限公司
香港灣仔駱克道193號號1樓東超商業中心
電話／(852) 2508-6231　傳真／(852) 2578-9337
E-mail／hkcite@biznetvigator.com
馬新發行所／城邦（馬新）出版集團
Cite (M) Sdn Bhd
41, Jalan Radin Anum, Bandar Baru Sri Petaling,
57000 Kuala Lumpur, Malaysia.
Tel: (603) 90578822
Fax:(603) 90576622
email:cite@cite.com.my
封面設計／犬良設計
印　刷／中原造像股份有限公司
排　版／游淑萍
●2015年7月初版
●2021年9月17日初版7刷
售價280元

 ISBN 978-986-5651-28-2

國家圖書館出版品預行編目資料

退出遊戲／初野晴著；陳姿瑄譯．–初版．–
台北市：獨步文化，城邦文化出版：家庭
傳媒城邦分公司發行，民104
　面；公分．--（NIL；01）
譯自：退出ゲーム
　ISBN 978-986-5651-28-2
861.57　　　　　　　　　102007743